光文社文庫

文庫書下ろし／長編歴史時代小説

# 蟷《とう》螂《ろう》の城

定廻り同心 新九郎、時を超える

山本巧次



光　文　社

この作品は光文社文庫のために書下ろされました。

目次

## 主な登場人物

瀬波《せなみ》新九郎《しんくろう》……………南町奉行所定廻り同心。

瀬波新《しん》右衛門《えもん》…………瀬波新九郎の父親。上谷畿兵衛のはとこ。

上谷《かみや》志津《しづ》……………上谷畿三郎の娘。瀬波新九郎の許嫁。

上谷畿《き》兵衛《へえ》……………瀬波新右衛門のはとこ。瀬波新九郎が慕う上谷家の隠居。古書物に詳しい。

上谷畿三郎《きさぶろう》……………上谷志津の父であり、上谷畿兵衛の弟。作事奉行配下の被官。

治右衛門《じえもん》……………美濃国のある村の村長。

吾兵衛《ごへえ》……………美濃国のある村で、治右衛門村長の配下。

奈津《なつ》……元青野城主鶴岡景安の姫。鶴岡家改易後、湯上谷左馬介の妻になる。

湯上谷《ゆがみだに》左馬介《さまのすけ》……元鶴岡家家臣で、鶴岡家改易後、宇喜多家家臣に。

石田《いしだ》治部少輔《じぶのしょう》三成《みつなり》……豊臣方の大名。

宇喜多《うきた》秀家《ひでいえ》……豊臣方の大名。

徳川《とくがわ》家康《いえやす》……徳川家の主。東軍の大将。

徳川秀忠《ひでただ》……中納言。徳川家康の三男。

飯島《いいじま》達之輔《たつのすけ》……作事下奉行。

跡部《あとべ》丹波守《たんばのかみ》……作事奉行。

根岸《ねぎし》肥前守《ひぜんのかみ》……江戸南町奉行。

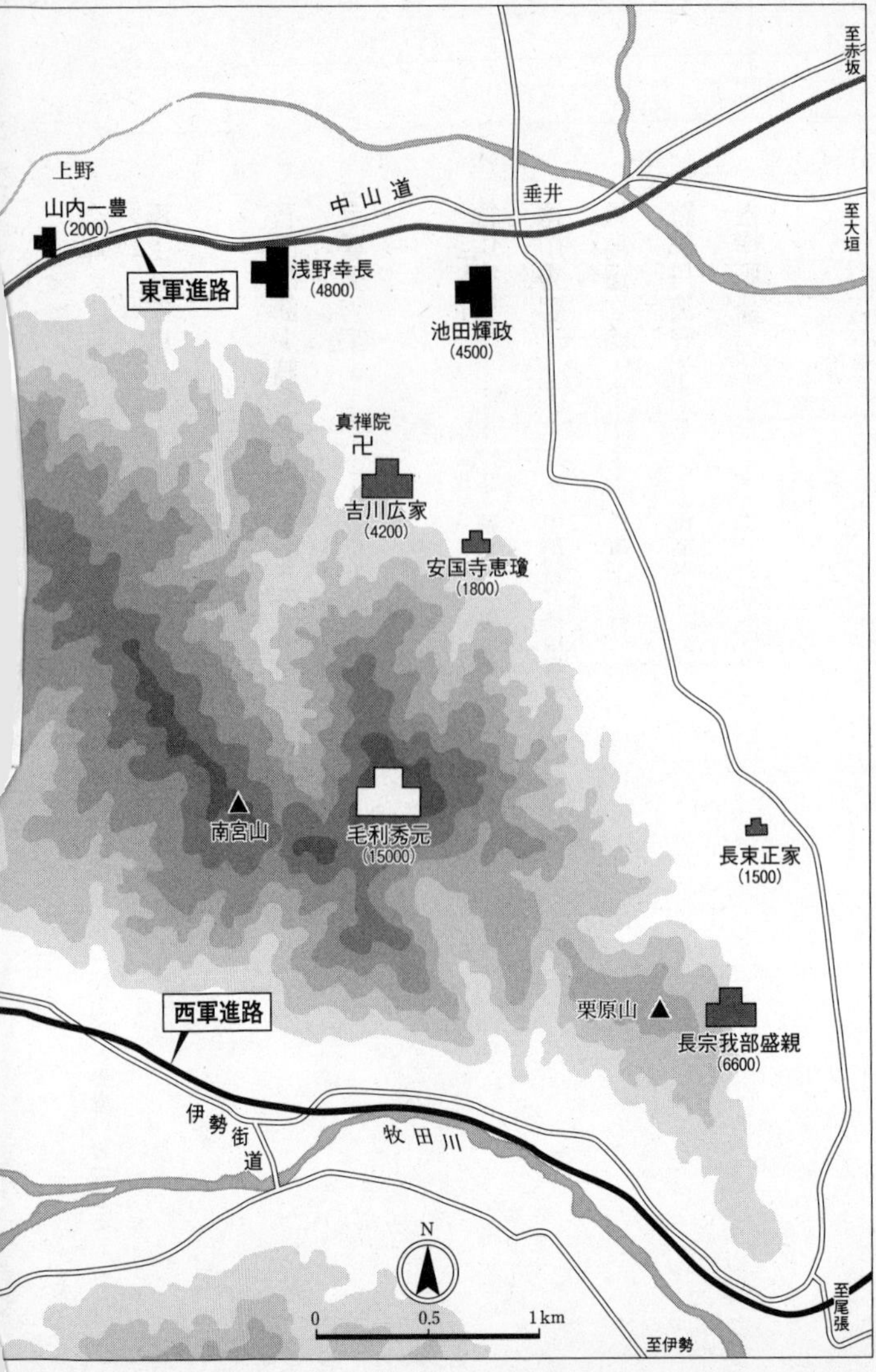
至赤坂
上野
山内一豊
(2000)
中山道
垂井
至大垣
東軍進路
浅野幸長
(4800)
池田輝政
(4500)
真禅院
吉川広家
(4200)
安国寺恵瓊
(1800)
南宮山
毛利秀元
(15000)
長束正家
(1500)
栗原山
長宗我部盛親
(6600)
西軍進路
伊勢街道
牧田川
N
0
0.5
1 km
至尾張
至伊勢

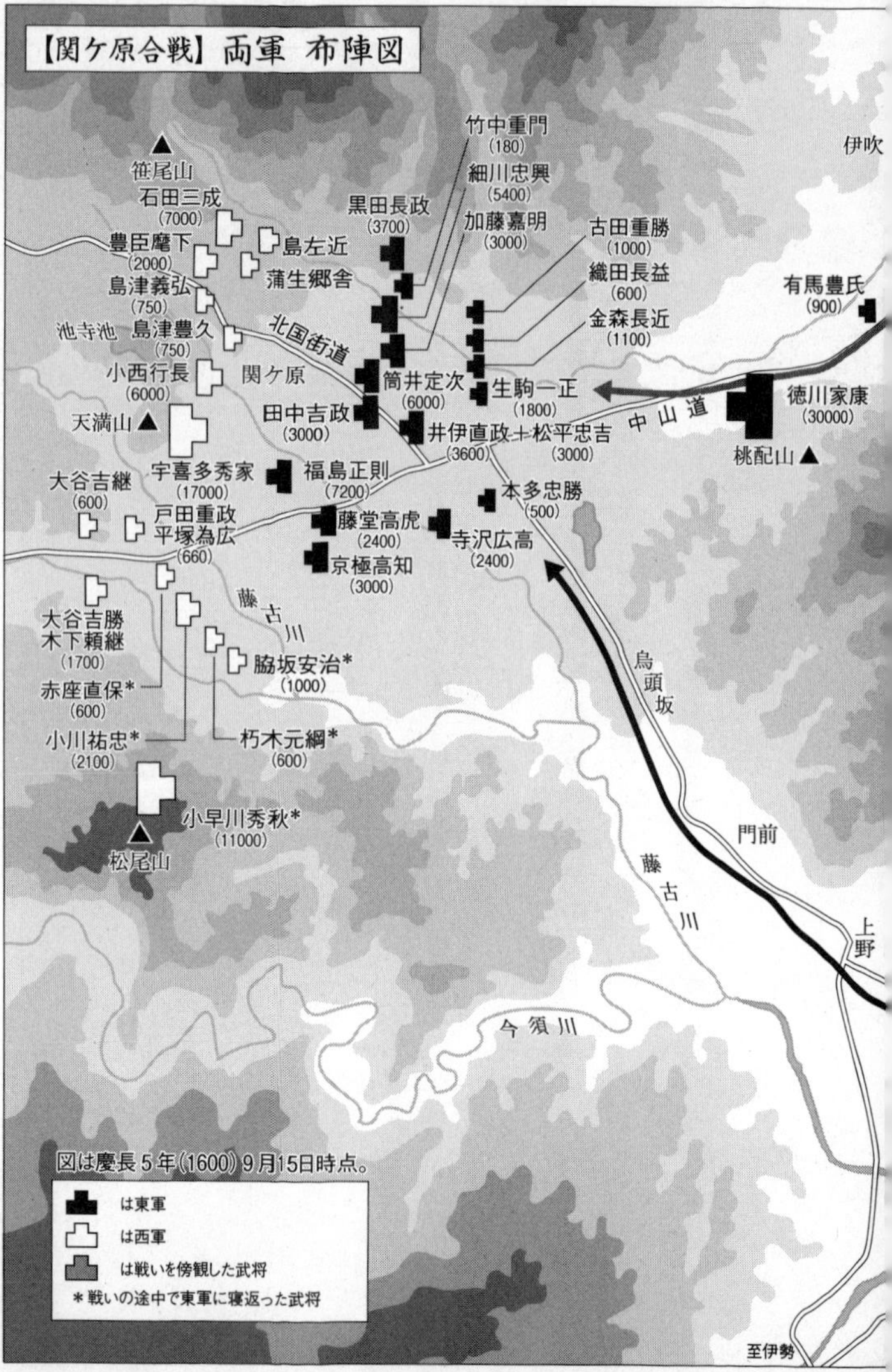
【関ケ原合戦】両軍 布陣図
笹尾山
石田三成
(7000)
豊臣麾下
(2000)
島左近
蒲生郷舎
島津義弘
(750)
池寺池
島津豊久
(750)
北国街道
小西行長
(6000)
関ケ原
天満山
宇喜多秀家
(17000)
大谷吉継
(600)
戸田重政
平塚為広
(660)
大谷吉勝
木下頼継
(1700)
赤座直保*
(600)
小川祐忠*
(2100)
脇坂安治*
(1000)
朽木元綱*
(600)
小早川秀秋*
(11000)
松尾山
藤古川
竹中重門
(180)
細川忠興
(5400)
加藤嘉明
(3000)
黒田長政
(3700)
古田重勝
(1000)
織田長益
(600)
金森長近
(1100)
筒井定次
(6000)
生駒一正
(1800)
田中吉政
(3000)
井伊直政＋松平忠吉
(3600)
(3000)
福島正則
(7200)
本多忠勝
(500)
藤堂高虎
(2400)
寺沢広高
(2400)
京極高知
(3000)
中山道
伊吹
有馬豊氏
(900)
徳川家康
(30000)
桃配山
烏頭坂
門前
藤古川
上野
今須川
至伊勢
図は慶長5年(1600) 9月15日時点。
は東軍
は西軍
は戦いを傍観した武将
＊戦いの途中で東軍に寝返った武将

# 蟷螂《とうろう》の城

## 定廻り同心　新九郎、時を超える

# 序　慶長《けいちょう》五年九月十五日　関ケ原《せきがはら》

どうしてこうなった。こうなるはずではなかったのに。

草を払い、身を低くして半ばよろめく足をどうにか進めながら、湯上谷左馬介《ゆがみださまのすけ》は何度も何度も、繰り返し問いかけた。

誰にでもない、自身への問いだった。時には、口から言葉が漏れていたかもしれない。だが聞きつける者はなく、もとより答える者もいない。

辺りにいるのは、死人ばかりだった。そこここに散らばり、具足《ぐそく》を着けたまま横たわっている。ある者は刀傷を、ある者は何本も矢を受け、またある者は鉄砲玉に貫かれていた。折れた槍《やり》が背中に突き立ったままの者もいる。左馬介は、その間を縫って這《は》うように進んだ。

いったいどっちに向かっているのだろう。時折り足を止め、草の間から左右を透《す》かし見てみる。西に向かっているつもりなのだが、確信はなかった。立ち上がって背伸びし、周りを見渡したいところだが、東軍の残党狩りがうようよしている中では、狙ってくれと言うようなものだった。

既に日は傾いている。なので、日のある方へ行けばいいのだろうが、その先は東軍に押さえられているに違いない。旗指物《はたさしもの》も目印になるようなものも捨てたとはいえ、東軍に紛《まぎ》れ込む度胸はないし、うまく行くとも思えなかった。

左馬介は、左手の山を見上げた。松尾山《まつおやま》だ。少しの間動きを止め、睨《にら》みつけるように山の稜線《りょうせん》を見つめた。あそこに金吾中納言《きんごちゅうなごん》、小早川秀秋《こばやかわひであき》の陣があったのだ。あの男が裏切らなければ、今頃はきっと……。

降る雨と周りを白く包む川霧の中で朝を迎えた時は、何もかもうまく行く、と思えた。宇喜多《うきた》家ではまだ新参の自分にとっては、この天下分け目の大戦《おおいくさ》が、目立った武功《ぶこう》を上げるおそらく最後の機会になる。だから、逸《はや》っていた。家中で確固たる地位を築き、是非とも妻子に安楽な暮らしを。それを願うがためである。

左馬介は様々な出来事の後、旧主鶴岡式部大丞《つるおかしきぶだいじょう》の娘、奈津姫《なつひめ》を妻に迎えることができた。上士《じょうし》の中では中堅に過ぎなかった左馬介が、そんな幸運に恵まれたのには、複雑な事情がある。鶴岡家は五年前、関白豊臣秀次《かんぱくとよとみひでつぐ》の謀反《むほん》に連座して改易《かいえき》、追放となり、奈津姫も嫁ぎ先から離縁される仕儀《しぎ》となった。その際に起きた事件で左馬介は一時、捕らわれて牢に入ったが、ある者の尽力により疑いが晴れ、孤独の身となっていた奈津姫と添い遂げることができたのである。長い間、奈津姫のことを想い続けてきた左馬介は、天にも昇る心地だった。しかも、嫡男まで得られた。左馬介にとっては、これ以上の幸福はないと思えた。

だが、鶴岡家の改易で宇喜多家に仕官した左馬介の石高《こくだか》は二百五十石で、高禄とは言い難い。二万石の姫であった奈津は、今は自ら台所に立ち、繕い物をしている。それが何とも、左馬介には心苦しかった。せめて侍女の二人も付けてやりたい。不器用な自分には、武功を立てて出世するしかなかったのだ。

(だが、それも虚《むな》しい夢となった)

西軍は大敗し、左馬介の宇喜多勢は福島《ふくしま》勢、井伊《いい》勢に攻め立てられ、四散《しさん》した。主君である宇喜多秀家《ひでいえ》を始め、侍大将《さむらいだいしょう》たちは討ち取られたのか、落ち延びたのか、皆目《かいもく》わからなかった。

左馬介はもう一度、松尾山に目をやった。福島勢との激戦の最中、たぶん昼前頃だったと思う。松尾山上に陣を敷いてそれまで動いていなかった小早川勢一万五千が、突如山を駆け下り、宇喜多勢の後方にいた大谷刑部少輔吉継《おおたにぎょうぶしょうゆうよしつぐ》の陣へと攻めかかった。

これに気付いた左馬介は、一瞬呆然《ぼうぜん》となった。とはいえ、気を取り直すのは早かった。金吾中納言の裏切りの噂《うわさ》は、合戦の前からあちこちで囁《ささや》かれ、左馬介の耳にさえ入っていたからである。

だが、それでは済まなかった。小早川勢に続き、脇坂淡路守《わきさかあわじのかみ》、朽木河内守《くつきかわちのかみ》、赤座備後守《あかざびんごのかみ》らが次々と馬首《ばしゅ》を転じて大谷勢に打ちかかり、壊滅させてしまったのだ。左馬介からそれら全てが見て取れたわけではないが、後方の混乱は波として伝わり、間を置かず宇喜多勢も崩れ去ったのである。

西軍の兵力はおよそ九万。東軍の徳川内府《とくがわだいふ》が率いているのは、五万余と聞いていた。双方の実際の数がどれほどであったか、正確にはわからないが、数では勝てる。そう思っていた。しかし、これほどまで裏切りが出ては、立て直しようがない。内府の調略《ちょうりゃく》の手が西軍諸将の奥深くまで伸びていたことに、左馬介は圧倒された。やはり内府と石田治部《いしだじぶ》では、器が違った、ということか。

具足がこすれ合う音と話し声が、間近で聞こえた。左馬介は、はっと身を竦《すく》めて草の間に伏せた。息を殺し、聞き耳を立てる。堂々と立ち歩いているなら、東軍の兵に違いなかった。

漏れ聞こえた話の中身からすると、敵の福島勢に属する足軽《あしがる》らしかった。四人ほどで、やはり宇喜多勢の生き残りを捜しているようだ。左馬介は、そのままじっと堪《こら》えた。足軽四人だけなら、斬り倒す自信はある。だが斬り合えば、当然周りの者に気付かれる。残り物の手柄を拾おうとする奴らが十人、二十人と駆け付けたら、勝ち目はない。

そのまま動かず、待った。虫が寄ってきても振り払えない。鼻がむずむずしたが、何とか耐えた。やがて足軽たちは、もっとあっちの方を捜そう、と指差して去って行った。

足音が充分に遠ざかってから、左馬介は大きく息を吐いて身を起こした。足軽たちは、傍を流れる黒血《くろち》川を遡《さかのぼ》る方向に行ったようだ。そちらは左馬介も行こうとしていた方角だった。

動き出しかけて、左馬介は考えた。西へ向かうのは、拙《まず》い。西軍はその名の通り、都《みやこ》より西の方に所領を持つ大名が大半だ。敗残の将兵も、西へ落ち延びると思われるだろう。しかも関ケ原のすぐ西、琵琶《びわ》の湖《うみ》に出たところが、西軍の采《さい》配《はい》を揮《ふる》った石田治部少輔《じぶのしょうゆう》の本城、佐和山《さわやま》だ。そこを攻め落とすべく、東軍の諸将が西へ向かっているはず。このまま行っては、その中へ飛び込むことになる。左馬介は、向きを変えた。西はやめた。反対に、中山道《なかせんどう》沿いに一旦東へ進み、越前《えちぜん》の方へ出て北から回り込む。東軍諸将も、そこまで網を張るほどの余裕はあるまい。

絶対とは言えない。だが左馬介は、そうすることに決めた。大変な遠回りで、何日かかるかもわからない。だが、何としても帰る。奈津と、我が子の元に。

左馬介はゆっくりと立ち上がった。近くに人影はない。よし、と拳を握ると、今まで向かっていた方角に背を向けた。できるだけ早く、できるだけ音を立てずに。

山裾《やますそ》に来ると、具足を脱いだ。重いうえにいかにも落武者《おちむしゃ》らしく見える傷だらけの具足は、もはや邪魔にしかならない。左馬介は具足を木の枝と落ち葉で隠すと、薄汚れた小袖《こそで》姿に刀を差し、次第に暗くなる中、踏み分け道を伝って歩き出した。夜闇に紛れて中山道に入るつもりだった。

目を開けると、うっすら明るくなり始めていた。一休みだけのつもりが、寝入ってしまったようだ。体が重い。疲労の極みに達している、と自分で思った。無理もない、と苦笑する。もう若くはない。四十をとうに超えているのだ。自分より年下で隠居した朋輩《ほうばい》も、一人二人ではない。なのに我が子は、まだ四つになったばかり。今しばらく、頑張り続けねばならなかったのだ。

昨日の今頃は、と思い返す。雨に打たれながら、敵の気配はないかと全身を研ぎ澄ませ、いつ鬨《とき》の声が上がるか、いつ「かかれ」の下知《げじ》が飛ぶかと、じりじりしながら待っていた。周りには霧が立ち込め、十間《じっけん》（一間＝約一・八メートル）ほど先もはっきり見えなかった。ただ、「気」だけが満ちていた。戦場を支配する、何者をも押し潰すような重苦しい、それでいて体の奥底から鼓舞《こぶ》されるような、独特の「気」。幾度も戦場に出た者には、ひしひしと伝わってくる。

そしてある刹那《せつな》、それが弾《はじ》ける。采配が揮われ、先陣の足軽どもが立ち、槍を構えて進み始める。左馬介も、配下の足軽に前へ、と命じる。霧の奥から、気配が伝わり始める。敵がいる。悟った時、喊声《かんせい》が上がる。続いて、刃先を打ち合わせる音が響き……。

後は、乱戦だった。旗指物が見え、福島左衛門大夫正則《さえもんのたいふまさのり》の軍勢を相手にしているとわかる。左馬介は、まず打ちかかった足軽の槍先を弾き飛ばし、相手の首筋を斬った。その足軽が倒れる。さらに踏み込んで、もう一人を打ち払う。こちらが押している。そういう感触があった。

あれはもう、ひと月も二月も前のことだったような気がする。今こうして、一人山裾に丸まっている自分が信じられない。まったく、どうしてこうなった……。

左馬介は、首を振って立ち上がった。繰《く》り言《ごと》を吐いている暇はない。少しでも遠くへ、関ケ原から離れねば。幸い、人の気配はない。明るくなった中山道を進むのは危ないかもしれないが、山中に踏み込んで道に迷うのも避けたかった。左馬介はまだ重いままの体を叱咤《しった》し、できるだけ足を速めた。

一刻《いっとき》近く歩いたが、有難いことに出会う人は少なかった。商人二人と、旅の僧一人、近隣の農夫数人だけだ。大戦の話は伝わっているはずなので、巻き込まれないよう通行を控えているのだろう。これは有難かった。

二里《り》（一里＝約四キロ）ほども来たか、というところで、刀や鍬《くわ》を持った農夫が十人ばかり、来るのが見えた。ぎくりとする。合戦が終わったのを知り、死骸から具足や刀、槍、金目のもの一切を奪おうとする連中だろう。乱世の農民たちは幾度も軍勢に田畑を荒らされ、その度に泣き寝入りを強《し》いられる。だが、敗軍となり屍《しかばね》をさらすことになった侍たちは、こうして農民から代償を取り立てられるのだ。

左馬介は、さっと木の陰に身を隠した。落武者と看破《かんぱ》されて襲われるかもしれない。そうなれば、一人で立ち向かうのは無理だ。知り尽くした地形に身を潜ませ、弱いと見れば襲って来る農民たちは、決して侮《あなど》れない。名だたる武将で落武者狩りに遭って殺された者は、あの明智日向守《あけちひゆうがのかみ》を筆頭に、幾人もいるのだ。

農夫たちは、隠れている左馬介には気付かず、通り過ぎて行った。関ケ原では、あのような者共が何百人も出て、獲物を漁《あさ》っているのだろう。今のところまだ自分には運がありそうだ、と左馬介は胸を撫《な》で下ろした。

運は長くは続かなかった。隠れ場所を出て、街道を半里も進まぬうち、殺気のようなものを感じて足を止めた。ほぼ同時に、道の両側の繁《しげ》みから農夫らしいのが八人ばかり、飛び出して来た。皆、鎌、刀、竹槍に棍棒《こんぼう》などを手にしている。落武者狩りに相違ない。左馬介は内心、歯嚙《はが》みした。ここまで疲れ果てていなければ、もっと早く気配に気付けたものを。

八人は、両側から左馬介を取り囲んだ。一番年嵩《としかさ》、と言っても三十幾つかであろう男が、刀に手を掛けて一歩踏み出した。汚れているがなかなか出来の良い拵《こしら》えであるところを見ると、やはり戦場の死骸から奪ったものだろう。その男は、左馬介に面と向かって聞いた。

「どこの家中のお人じゃ」

左馬介は口を開きかけたが、すぐ閉じた。無論のこと、宇喜多家と明かすつもりはない。福島左衛門大夫とか、東軍諸将の誰かの名を出そう、と思ったが、そんな侍が具足も付けずに一人でこんなところを歩いているはずがない。

「その……牢人者《ろうにんもの》だ。天下分け目の合戦と聞いて一旗揚げようと来たんだが、うまく行かなかった」

そんな言い訳しか思いつかなかったが、東軍を騙《かた》るよりはそれらしく聞こえるだろう。相手の男は、「ふうん」と唸《うな》ってから、頭のてっぺんから爪先まで、左馬介をじろじろと眺めた。常ならば「無礼者！」と怒鳴って刀で追い払うか斬り捨てるところだが、今は立場が逆だ。腋《わき》の下に冷や汗が滲《にじ》んだ。

しばらく左馬介を測るようにしていた男は、ニヤリとして言った。

「落武者だな。違うと言っても無駄だ」

「いや、俺は……」

慌《あわ》てて言いかけたが、言葉を呑み込んだ。落武者、のひと言で、残りの七人がそれぞれの得物《えもの》を構えたからだった。何を言おうと、もう聞く耳は持つまい。

「刀しか持っていない。これをやるから、見逃してくれ」

左馬介は諦《あきら》め、刀を差し出そうとした。鶴岡家に上士として仕えていた頃、殿から拝領したもので、それなりの銘品《めいひん》だ。農夫であっても、値打ちのある刀とわかるだろう。それで命が助かるかどうかは賭《か》けだが、刀が得られれば殺しても益《えき》はないはずだ。

「見逃してくれ、か」

農夫の頭《かしら》は、左馬介の腰の刀を値踏みする目付きで見つめると、「確かにいい刀だよな」と言った。が、左馬介が安堵《あんど》しかけたところで、冷たく告げた。

「刀は貰《もら》うが、見逃すわけにもいかねえ。ついさっき触書《ふれがき》が回ってきて、西軍の落武者を一人捕らえるごとに褒美《ほうび》が貰えるそうなんでね。せっかく通りかかった金づるを、手放しゃしねえよ」

東軍に渡すまで殺したりしねえから、そこは安心しな、と頭は言った。左馬介は、観念するより他になかった。拳を握ったまま俯《うつむ》くと、農夫たちが近寄って刀を奪い、左馬介を後ろ手にして縄をかけた。

（奈津、済まぬ。帰れぬかもしれん）

左馬介は心の中で詫《わ》びた。ただただ、口惜《くや》しかった。もう一度、虚しく胸の内で繰り返す。どうして、こんなことに……。

# 蟷螂《とうろう》の足掻《あが》く城

## 一

ああ、今日もいい日和《ひより》だ。晴れ渡った空を見上げ、瀬波新九郎《せなみしんくろう》は軽く欠伸《あくび》を漏らした。神田《かんだ》川から続く御堀《おほり》に沿って歩いていると少し暑くなり、懐《ふところ》から扇子を出して煽《あお》いだ。ここ十日ばかりは平穏で、押し込みや刃傷《にんじょう》、殺しなど大きな一件もなく、江戸南町奉行所の定廻《じょうまわ》り同心《どうしん》を務める新九郎も、落ち着いた日々を送れていた。おかげで溜《た》まっていた書き物仕事がはかどり、気分も軽くなる。

それにしても、と新九郎は思った。今日はいったい、何の用だろう。

あと半月ばかりで祝言《しゅうげん》を迎える許嫁《いいなずけ》の志津《しづ》の伯父、上谷畿兵衛《かみやきへえ》から、奉行所の務めが終わり次第、家に来てくれと言伝《ことづて》が届いたのは今朝のことだった。畿兵衛は新九郎の父、瀬波新右衛門《しんえもん》のはとこであり、新九郎と志津を娶《めあわ》せた当人でもある。隠居の身で、普段はのんびりと、家に代々残された文書や記録の整理をしており、急な呼び出しなどまずもって似合わないお人だ。

まあ、何か古文書《こもんじょ》で驚くようなことでも見付けたのだろう、と新九郎は気楽に考えた。扶持米《ふちまい》五十俵《ぴょう》の御家人《ごけにん》である上谷の家で、そんなに深刻なことが起きるとも思えない。奉行所から上谷家までは御城をぐるりと回り込む形で一里近くもあるが、今日のような天気なら、務め終わりのぶらり歩きも悪くない、などと新九郎は呑気《のんき》に構えていた。

上谷畿兵衛の家は、市谷《いちがや》御門から南に少し行ったところの、旗本《はたもと》御家人の屋敷がぎっしり建ち並ぶ一角にあった。微禄《びろく》のことゆえ広い家ではないが、こまめに手入れされてそれなりに居心地はよい。度々《たびたび》訪れている新九郎は「新九郎です」と声を掛け、自分で戸を開けて表口に入った。

「お待ちしていました」

迎えに出て来たのが志津だったので、新九郎はちょっと驚いた。志津の家は、御堀の北側の各組大縄地《おおなわち》など御家人の家が密集する界隈《かいわい》にあり、畿兵衛の家からは五町《ちょう》（一町＝約一〇九メートル）ほど離れている。そこからわざわざ来ているということは、志津に関わりのある話なのだろうか。

「おや、何かあったのか」

志津の顔が妙に硬いのに気付いた新九郎が、問いかけた。志津は答えず、「とにかく、お上がりになって」と新九郎を座敷に通した。どうも気楽な話ではなさそうだ。新九郎は顔を引き締めた。


座敷で待っていた畿兵衛の顔は、志津以上に厳しいものだった。常に温厚で人当たりの柔らかい畿兵衛がこんな顔をするのは、初めて見たように思う。

「急に呼び立てて済まぬ。まあ座ってくれ」

畿兵衛に言われるまま、向き合って畳に座した。志津も畿兵衛の隣に座った。

「改まって、いったい何事でしょうか」

新九郎は心配になって聞いた。志津との祝言に、何か差し障りでも出たのだろうか。

「うん。実は、儂《わし》ではなく弟の方で難事が起きてな」

「え、畿三郎《きさぶろう》殿に」

　畿三郎は志津の父、つまり間もなく新九郎の義父になるお人だ。新九郎は驚いて志津の顔を見た。志津はひどく困った様子で俯いた。新九郎は畿兵衛に目を戻して促す。

「難事とは、どういう」

「うむ……畿三郎が御役《おやく》を解かれるかもしれぬ」

「御役を？　何か不始末があったのですか」

　畿三郎は作事奉行の下で被官という御役を務めている。そこで御役御免《ごめん》となると、作事の勘定《さくじ》に間違いが出たのかもしれない。

「いや、御役目でしくじったのではない。いささか妙な具合で、厄介《やっかい》な話でな」

　畿兵衛は言葉を選んでいるらしい。しかし御役目以外、とは何なのだ。畿三郎は兄の畿兵衛と似て、至って生真面目《きまじめ》で喧嘩《けんか》や揉《も》め事とは縁遠く、女癖や浪費癖もない。それが厄介事とは。

「それを話しておこうと思い、倅《せがれ》と嫁たちは出かけさせた」

　話の邪魔にならぬよう、外へ出したのか。倅たちにはあまり聞かせたくない話なのかも。

「御役目でなければ、外で何かに巻き込まれたとか、ですか」

少し焦《じ》れてきた新九郎が質《ただ》した。そういう話なら、まさに町方《まちかた》役人である自分の出番だ。

「いや、そうではなく……家の中の話なのだ。それも随分と昔に遡《さかのぼ》ることで」

家のことで、随分昔？　新九郎は困惑した。

「どうも話が見えませんが」

「ああ、どうも言い方が悪かった。順序立てて話そう」

織兵衛は、座敷の隅にいつも積み上げてある古い書物や巻物の間から、一枚の紙を取り出して新九郎に広げて見せた。

「おや、何です、これは」

紙に描いてあったのは、家紋だった。二つ並んでおり、一つは中心の丸の周りを八つの丸が取り巻いている形。九曜紋《くようもん》、という。もう一つは柏《かしわ》の葉を象《かたど》ったものを三つ、三角状に配したもの。三《み》つ柏《がしわ》だ。いずれも、よく知られた家紋である。

「どこの家紋か、ご存じか」

「はあ。九曜紋というと、肥後細川《ひごほそかわ》家ですね。三つ柏は……土佐山内《とさやまうち》家のものは、葉がもっと細い。この広い葉の形は、旗本家で幾つか使われているところがありますが」

「細川の九曜紋は丸がもっと小さい。大垣《おおがき》の戸田《とだ》家などが、これだな」

「はあ、そうですか……で、この家紋の主が厄介事に関わりがあるんですか」

いずれも大名《だいみよう》家、旗本家だとすると、作事奉行配下の下吏《かり》である志津の父が関わるのは妙だが。

「うむ。ずっと昔に、な」

畿兵衛は九曜紋を指で叩いた。

「これを使っていた者で最も知られているのは、石田治部少輔三成《みつなり》だ」

うっ、と新九郎は言葉を呑み込んだ。そうだった。何しろ自分は、つい数か月前、その石田治部少輔本人と会っているのだ。その屋敷には、確かにこの家紋が掲げられていた。無論、ここでそんなことを口走ったら、頭がどうかしたかと呆《あき》れられるだけだ。

「そしてこちらの三つ柏は、その石田治部少輔の懐《ふところがたな》刀、島左近《しまさこん》の紋だ」

新九郎はさらに絶句する。その島左近にも、直《じか》に会っていた。おまけに最後は、奴に……。

「どうした、驚いたか」

「あ、ええ。思わぬ名が出ましたので」

実際、驚いたのは違う意味でだが。

「それで、その家紋がどうしました」

「うむ。この紋が、畿三郎の持つ脇差《わきざし》に二つとも入っておるのだ」

「二つとも、一本の脇差に？」

それはちょっと珍しい。家紋入りの脇差はどこにでもあるが、異なる二つの紋を入れてあるのは、見たことがなかった。

「それは面白い脇差ですな。しかし、厄介事に関わるとはどうも思えませんが」

「いえ、その脇差そのものが厄介事を引き起こしたんです」

横から志津が言った。家紋を憎らしそうに見つめている。

「よくわからないが」

当惑した新九郎は、改めて家紋に目を向けた。まさか石田治部が、二百年の時を超えて厄介事を持ち込んで来たとでも言うのか。

「その脇差について、上に告げた者がいるんだ。徳川の仇敵《きゅうてき》、石田三成から拝領した脇差を、先祖代々家宝にしている、とな」

「はあ？」

思わず、間の抜けた声が出た。

「何ですそりゃ。九曜紋にしろ三つ柏にしろ、使っている家は幾つもある。九曜紋があるから石田三成のものだなんて、こじつけもいいところじゃありませんか」

「九曜紋だけならその通りだが」

畿兵衛は渋面《じゅうめん》になった。

「九曜紋と三つ柏が、組み合わせで一本の脇差に付けられているのでな。この二つの紋がそこまで深い縁で結ばれている例は、石田三成と島左近以外にはないのだ」

新九郎は返す言葉に詰まった。なるほど、一本の脇差に二つの紋など、その両者に余程《よほど》の交わりがないと入れたりはすまい。ことによると、三成から左近へ贈られた品かもしれない。そんなものが上谷家にあるのは不思議だが。

「我が上谷家が、関ケ原の戦では西軍に属し、戦の後、徳川の家臣となったことは隠れもない話。それにかこつけて、西軍の大将から拝領した脇差を未《いま》だに大事にしておるのは、畏《おそ》れ多くも将軍家に対する不敬、と言いがかりをつけられたのじゃ」

あまりのことに、新九郎はぽかんと口を開けた。

「関ケ原は二百年前の話ですよ。今頃、石田三成がどうのって……」

「それは誰もがわかっておる。しかし、将軍家への不敬と公に言われてしまうと、役所の方でも、今どき馬鹿馬鹿しいと放り出すわけにもいかんようでな」

どうしたものかと、作事奉行と目付らが協議しているそうだ。

「それで、御沙汰《ごさた》が出るまでは出仕《しゅっし》に及ばずと、謹慎《きんしん》させられてしまったのです」

志津が口惜しそうに言った。新九郎に相談するにも、謹慎中に自分の家に八丁堀同心が来るのを近所に見られるのは如何《いかが》なものか、と配慮して、伯父の畿兵衛の家に来てもらうことにしたのだ、という。

「なので、その、私たちの婚儀にも障《さわ》りが出てしまうかも」

「そんな理不尽な」

新九郎はさすがに腹立たしくなった。二百年前から家に伝わる品のために謹慎とは、幾らなんでも馬鹿げている。

「万一、何らかの御沙汰が出た時は、新九郎殿の家にも迷惑がかかる。ひとまず婚礼は先延ばしとし、改めて……」

　畿兵衛が、辛《つら》そうに言った。二人を娶せたのは自分だから、ここは自分が責めを負ってと考えたのだろう。新九郎としては、それは受け容《い》れかねる話だった。

「そんな必要はありません。私は志津さんを妻にすると決めた。志津さんも承知してくれた。それだけで充分でしょう。二百年前の言いがかりなどに邪魔されるいわれはない」

　この言葉を聞いた志津の顔が、上気《じようき》した。

「新九郎様、それほどまでに……嬉《うれ》しい」

　いや、しかし、となおも言おうとする畿兵衛を抑えて、新九郎は言った。

「要は婚儀までに、その不敬ってのが言いがかりだ、って証《あか》しを立てりゃいいんでしょう」

　畿兵衛は目を丸くした。

「いったい、どうやって」

　いや、それは考えていない、と正直に言うのも癪《しやく》なので、代わりに新九郎は尋ねた。

「その脇差、誰から拝領したのです。本当に石田三成なのですか」

「それがその、わからんのだ」

わからん？　新九郎は積み上げられた書物の山に目を向けた。畿兵衛は、この膨大《ぼうだい》な記録を整理することが趣味だったではないか。

「この中に、書かれてないのですか」

「ひと言も、触れられておらん。いや寧《むし》ろ、本当に石田三成から拝領したのなら、徳川家の目に触れぬよう書くのを控えたとも考えられる」

「それはまあ、一理ありますが」

新九郎は首を傾《かし》げた。

「失礼ながら、その頃のご先祖は湯上谷左馬介殿ですよね。宇喜多の陪臣《ばいしん》で、こう言っては何ですが、さほど高い位でもなかった左馬介殿が、石田三成から脇差を拝領できた、というのがどうも解《げ》せません」

「ほう、よく覚えておられるなあ」

畿兵衛が感心するように目を細めた。まさか、先日伏見《ふしみ》で会って話をしたばかりなので、とは言えない。

「正直、わからん。だが戦場では、いろいろなことが起きるだろうからなあ」

畿兵衛にこれといった考えはないようだ。

「家宝だったんですか」

「由来の書付すらないが、一応は家宝として扱ってきた」

「じゃあ、ご嫡子であった畿兵衛殿が持つべきものだったのでは」

そうなんだが、と畿兵衛は嘆息《たんそく》した。

「畿三郎の方が儂より少しばかり出世したので、お前が持っていた方が良かろう、と十年ほど前に渡したんだ」

こんな形で仇《あだ》になるとは思わなかった、と畿兵衛は後悔を口にした。確かに、畿兵衛が持ったままだったら見つかりはしなかったかも……いや、待てよ。

「脇差のことを言い出したのは、誰なのです」

「それは……」

畿兵衛と志津は顔を見合わせた。心当たりはあるようだが、何故《なぜ》か言い難《にく》そうだ。新九郎は急《せ》かさず待った。

やがて、志津が言った。

「父には見当《けんとう》がついているようですが、私には話してくれません」

どうして、と新九郎が問いかけると、畿兵衛が言い添えた。

「畿三郎は、同役《どうやく》の者が不正をしているのではないか、と疑って、調べておったようじゃ」

新九郎は眉を上げた。これは穏やかではないかもしれない。

「その者が、畿三郎殿に疑われているのに気付き、陥《おとしい》れようとしたということですか」

「……そう思います」

少し躊躇《ためら》ってから、志津が答えた。

「そいつの名は」

「わかりません。教えてくれないのです。まだ証しが揃《そろ》わない、ということで」

志津は残念そうに言った。新九郎はしばし腕を組んで思案した。

「よし、私が畿三郎殿に聞いてみましょう」

えっ、と心配顔になる志津に、笑って十手《じって》を示す。

「大丈夫、こいつは置いて行く。八丁堀同心には見えないようにすればいいだろ」

「でも……」

「御父上に詳しいことを聞かないと、動きようもないからな。こっちは調べ事で飯を食っている身だ。心配しなさんな」

新九郎は志津と畿兵衛に向かって、胸を叩いた。

志津を畿兵衛の家に残し、新九郎は畿三郎の家に向かった。黒羽織と十手は畿兵衛に預け、着流しに大小だけを差した。無役の御家人か小禄の旗本の倅、或いは金回りのいい浪人、というくらいに見えるだろう。何度も挨拶《あいさつ》に訪れたので、道はよくわかっている。

畿三郎の家は、畿兵衛の家とほぼ同じくらいの大きさだった。妻女と元服《げんぷく》前の志津の弟、畿久太《きくた》がいるはずだが、家は静まり返っている。

「御免」

声を掛けて、戸を開けた。蟄居閉門《ちっきょへいもん》とかいう大層なことではないので、出入りは自由だ。表口を入ると、畿三郎の声が返った。

「新九郎殿か」

驚いた様子で、畿三郎が急ぎ出て来た。畿兵衛をそのまま三つばかり若くした容貌だが、顎《あご》が少し角張り、幾分か太目の体つきである。いつもは愛想《あいそ》のいい人物なのだが、今日はさすがに少々やつれ気味のようだ。

「こんなことになったので、家内と畿久太は実家に帰らせていてな。何のもてなしもできんが」

自嘲《じちょう》するように言って、畿三郎は新九郎に上がるよう告げた。がらんとした家に眉をひそめつつ、新九郎は上がり框《かまち》に足をかけた。

「此度《こたび》は儂の不徳の致すところ。誠に相済《あいす》まぬ」

座敷に新九郎を招じ入れた畿三郎は、深々と頭を下げた。新九郎は慌てて手を振る。

「いやいや、不徳ってことはないでしょう。おかしな言いがかりをつけられた、と聞きましたが」

「うむ。言いがかりと言ってしまえばそれまでだが。しかし、志津との婚礼を前にこのようなこと、瀬波家にも迷惑が……」

婚礼は取り止めて、などと言い出しそうなので、新九郎は畿三郎を遮《さえぎ》った。

「畿兵衛伯父上からも聞きましたがね。脇差の家紋くらいで騒ぎ立てるのは、おかしいでしょう。はっきり言いますが、義父上《ちちうえ》に悪意を持っている奴が、讒言《ざんげん》したってことなのではありませんか」

うむ、と呻《うめ》くような返事があった。

「御同役の不正をお調べだったそうですね」

ずばり聞くと、畿三郎はびくっと肩を動かした。

「志津から聞かれたか」

「ええ。その相手、何者か教えていただけませんか。讒言したとすれば、そいつの仕業《しわざ》なんでしょう」

否定の言葉は返らなかったので、織三郎もそうだと考えているようだ。が、まだ逡巡《しゅんじゅん》している。

「志津さんに言わなかったのは、志津さんや織兵衛さんが下手に動いて、相手が手を出してくるかもしれないと恐れたからでしょう。でも、私なら心配ご無用です」

ややこしい連中を相手にするのが、こっちの商売ですからね、と笑ってやると、織三郎はほっと肩の力を抜いた。

「怪しいのは、飯島達之輔《いいじまたつのすけ》という男だ。正しく言えば同役ではなく、作事下《した》奉行の一人で、年は儂より五つほど下だ」

「そいつは、何をやってるんです」

「大工の組頭《くみがしら》の一人と謀《はか》り、材木商から買っている材木の質を誤魔化《ごまか》しているのでは、と疑われる節《ふし》があるのだ」

ははあ、と新九郎は得心《とくしん》した。作事奉行は建物の修繕などを扱うが、それに使う材を調達するのは、配下に数人いる作事下奉行の役目だ。そうした仕事の途中で中抜きをする、というのは町方でもよくある話だ。材木を使う側の大工役も、一枚嚙んでいるわけだ。ただし作事奉行配下の大工役というのは、町方の大工の棟梁《とうりょう》などとは違う、れっきとした侍の官吏《かんり》である。

「注文したものより安い材木を納入し、差額を懐に入れて山分けする、という寸法ですか」

「ほう。さすがに町方同心、呑み込みが早いな」

織三郎は、素直に感心した顔になった。

「相当な額になってるんですか」

「気付いたのはここ二年くらいの分だが、もっと前からやっていたなら、三百両とか五百両とかにはなっておろうな」

同じ奉行という名が付いていても、下っ端の作事下奉行の役高は二千石の作事奉行に比べはるかに少なく、確か百俵十人扶持《ぶち》だ。禄の数年分を闇で稼いでいたことになる。

「そいつは大したもんだ。他の作事下奉行やその下の手代《てだい》の方々はお気付きじゃないので」

「うむ。手代などは、抱き込まれた者がおるかもしれん。御奉行には、儂が調べたことを申し上げ、飯島を処断していただくつもりだったのだが、証しを摑《つか》む前にこのようなことになってしまった」

やはり飯島という奴が、畿三郎の動きに気付いて調べを封じようとした、と考えて間違いなかろう。

「その飯島は何故、この家の脇差のことを知っていたんですか」

「さあ、そこなんだが」

畿三郎は首を捻《ひね》った。

「兄上から聞いたと思うが、あの脇差は由来がはっきりせんのでな。立派なものだから家宝として置いているが、人には見せておらん。飯島だけでなく、同輩にも上役にも見せたことはないのだ」

「じゃあ、飯島の周りには脇差のことを知る者はいないはずだ、ってことですか」

これは妙だ。脇差の現物を仔細《しさい》に調べないと、石田三成の紋がどうこうなどという話は出てこないはず。飯島はどうやってそれを知ったのだろう。

「失礼ながら、御義母上《ははうえ》や幾久太殿がつい誰かに漏らした、ということはありませんか」

「いや、こうなってから念のため問い質したが、二人とも脇差のことは口にしていないそうだ」

ふむ、と新九郎は考え込んだ。志津や畿兵衛が話したとも思えないし、まさか忍び込んで調べたわけではあるまい。それに、脇差のことを知らない限り、当てもなく忍び込んでも意味がないはずだ。

「今、脇差はどちらに」

「御奉行にお預けした。周りと相談の上、調べてみるということだ」

「わかりました。脇差のことはしばらく措《お》きましょう」

本音を言えば作事奉行も、どう扱っていいかわからない、というところだろう。きっと迷惑に思っているに違いない。新九郎としてはまず脇差の現物を見たかったが、致し方ない。

「思いますに、飯島の不正が明らかになれば、脇差のことは有耶無耶《うやむや》になるのではないですかね」

それは、と畿三郎は当惑を浮かべた。

「何とも言えぬが……不正を明らかにするとは、どうやって」

「飯島の身辺を洗えば、何か出てくるはずです。そういうことは、日頃からやっておりますんで」

「しかし、町方の範疇《はんちゆう》ではあるまい」

「そうですが、御役目とは別に、勝手にこっそり調べればよいでしょう」

うーんと畿三郎は考え込んだ。

「奉行所に知れたら、新九郎殿が困ったことになるのではないか」

心配ご無用、と新九郎は笑った。

「町方同心が少々羽目《はめ》を外すのは、よくあることでしてね。ばれなければ構いませんよ」

実際に同心が度々勝手なことをするわけではないが、安心させるためにそう言っておく。

正直なところ、飯島の不正を暴いたら畿三郎の件が不問に付される、と言い切れるわけでもない。作事奉行が、石田の紋の脇差なんて面倒なことに触れたくない、と思って蓋《ふた》をしてしまう方に賭けるしかないだろう。それに新九郎としても、二百年前の脇差の由来を確かめるより、飯島を調べる方が余程やり易いと思えた。

いきなり、畿三郎が畳に手をついた。新九郎は慌てた。

「いや、ちょっと、どうなすったんです」

「新九郎殿、誠に申し訳ない。我が身の不甲斐《ふがい》なさを恥じるばかり。この一件、お任せ……いや、お頼み申し上げる。何卒《なにとぞ》よろしくお願いいたす」

「そ、そんなに大層に言っていただかなくても。義理とは言え、もはや父子《おやこ》なんですから」

「志津のことも、改めてどうかよろしくお頼み申す」

織三郎の生真面目さ、真剣さが、重たいくらいに伝わった。新九郎は、どうか手を上げて下さいと懇願しながら、これは何としても自分がやらねば、と心に誓った。

それから三日ばかり、奉行所の仕事を終えてから、新九郎は飯島の周辺を嗅《か》ぎ回った。自分一人では目が届かないので、岡っ引きも何人か使った。岡っ引き連中には町奉行所の仕事でないとは言わなかったが、彼らは奉行所ではなく新九郎が金を出して雇っているわけなので、別段差し支えはなかった。

「飯島は、門前仲町《もんぜんなかちょう》の料理屋で芸者を呼んで、派手に遊んでやすぜ」

そんな話が、まず聞こえて来る。

「相手は誰だ。一人で遊んでたのか」

「深川《ふかがわ》の材木問屋、木曾《きそ》屋でさぁ」

材木屋か、と新九郎は少し落胆した。木曾屋は深川木場《きば》で指折りの大店《おおだな》で、御城内の仕事にも材木を入れている。今日、そういう材木商が作事奉行の配下を接待するなど、当たり前だ。ほしいのは、不正な蓄財をしている証しだった。

新九郎は自分で木曾屋に出向くことにした。

「おう、邪魔するぜ」

暖簾《のれん》を割って入ると、番頭がすぐに奥へと通してくれた。八丁堀の威光で、たちどころに主人が出てくる。

「八丁堀の瀬波様で。お役目ご苦労様でございます」

それで今日はどのような、と聞いてくるところへ、作事下奉行飯島の求めで材木を納めているか、確かめた。木曾屋は、すぐに認めた。後ろ暗い所があるような様子は見えない。

「ずっと前から納めてるんだよな。ここ二、三年で変わったことはねえか」

そう水を向けると、木曾屋は僅《わず》かに口籠《くちごも》った。何かある、と直感する。

「気になることがあるなら、正直に言えよ」

はい、と木曾屋は考えながら答える。

「気になると申しますか、三年ほど前からご注文になる材木の質が、徐々に落ちておりまして」

「質が落ちる？　それは、飯島様の方からの指図でか」

「はい。近頃は奢侈《しゃし》を慎むようにと度々の御触れで、御城内でも率先して贅沢《ぜいたく》を避けている、というお話でございました。御城内でもそうなのであれば、手前どもも身を引き締めねば、などと店で話しておりました次第で」

なるほどな、と新九郎は内心で頷《うなず》く。倹約を大義名分《たいぎめいぶん》にすれば、調達する材木の質を下げても店側は何も疑いはしまい。恐らく、上から言われた以上に値の安いものを注文しているのだ。材を使う側の大工役の中に仲間がいれば、誤魔化しは利く。だが奉行直属の被官という職にあって、作事の全般に目を配る畿三郎は、納められた材木の質が帳簿上の注文品と合わないことに気付いたのだ。

「何かお疑いの筋でもおありでございましょうか」

木曾屋が慎重に尋ねてきた。ああいや、と新九郎は手を振る。

「横流しの噂があったんだが、違ったようだな。邪魔をした」

曖昧《あいまい》に言って木曾屋を出てから、新九郎はこの先どうするか、と悩んだ。

確かに飯島の疑いは濃くなった。だが証しを摑もうとすると、飯島のところにある発注の帳簿と、売主の材木問屋の帳簿を突き合わせねばならない。飯島の帳簿に町方の新九郎は手が出せないし、畿三郎が摑みきれていないなら、見ても簡単にわからないよう帳簿に細工がされているのかもしれない。

（思ったより厄介だな）

さらに二、三日かけて他の材木問屋を当たったが、聞けた話は木曾屋と同じだった。材木問屋自身が不正に加担したと気付いていなければ、こちら側を叩いても何も出ない。

（やはり飯島を張って、何かぼろを出すのを期待するしかないのか）

婚儀は七日後に迫っていた。畿三郎の謹慎は、まだ解けていない。婚儀までに飯島の尻尾《しっぽ》を摑むのは、かなり難しく思えてきた。

（取り敢《あ》えずもう一度、畿三郎殿から話を聞いてみるか）

新九郎は一旦家に戻って十手と羽織を置くと、改めて出かけた。話しているうちに、何か取っ掛かりが見つかるかもしれない。淡い期待だが、今日は他に思い付くことがなかった。

いつの間にか、日は暮れていた。奉行所の仕事が終わってから飯島のことを調べ回っているので、どうしても帰りが遅くなる。鐵三郎のところに行くなら、酒でも持って行くか。

考えながら歩いていると、誰かとぶつかりそうになった。職人の兄貴分といった見てくれの男だ。ほろ酔い、という様子である。その男は一瞬よろめいて新九郎を睨《にら》み、舌打ちして行ってしまった。やれやれ、と首筋を叩く。羽織に十手のいつもの格好なら、八丁堀にあんな態度を取る奴はまずいないだろうに。

ふと気付くと、神田明神《かんだみようじん》の下に来ていた。通り過ぎかけたが、神頼みも悪くないか、と思って道を曲がり、境内への石段を上った。もう暗いので、参詣人は見当たらない。

賽銭《さいせん》を入れ、今度のことが無事に収まるよう、明神様にお願いした。さて、効き目があるだろうか。

参拝を終えて石段を下りようとした時、気配を感じた。誰か後ろに来ている。しかも足音を消している。まずい、と思って足を止めた。「何だ」と声を上げ、さっと振り向こうとした。

遅かった。後ろが見える前に背中を突かれた。即座に足を出して踏ん張ろうとする。だが、石段に足がかからなかった。しまった、と思った時には、体が宙に浮いていた。新九郎はそのまま、暗い奈落《ならく》に落ちて行った。

うすぼんやりと、明るくなっている。そんな気がして、目を瞬《しばた》いた。確か、神田明神の石段から突き落とされたはずだ。もしかして、朝まで気を失っていたのか。あの石段からまともに落ちたら、打ち所によっては死んでいたはず。まだしも運が良かったと言うべきか。

そうっと目を開けた。やはり、夜ではない。何刻頃《なんどき》だろう。しかし、これは……。

まだ頭がはっきりしないまま、周りをそうっと見渡した。それで、叢《くさむら》の中でうつ伏せになっていたのに気付いた。叢？　神田明神の石段の下は、石畳だったんじゃ……。

急に頭が覚め、がばと跳ね起きた。膝立ちになって丈《たけ》の高い草の上に顔を出し、ぐるりと頭を巡《めぐ》らす。そこには……。

何もなかった。叢と、それを囲むような山並み。木は何本も生えているが、人家は見えない。江戸の町並みが、丸ごと消えていた。

(ま・た・か)

新九郎は右で拳を握り、左の掌《てのひら》に打ちつけた。一度目は、焼き払われた村の傍の山裾だった。二度目は、寺の境内にある池だった。そして今度は、草っ原の真ん中だ。いったいここは、どこなんだ。

新九郎は天を見上げた。空は晴れている。日の具合から考えりゃ、朝のようだ。近くに人の姿は見えないので、何か尋ねることもできない。

(前は文禄《ぶんろく》四年〈一五九五〉の伏見、その前は天正《てんしよう》六年〈一五七八〉の播磨《はりま》。流れからすると、その辺りに近い頃だろうな)

とにかくじっとしていても仕方がない。ここがいつのどこなのか、手掛かりを捜さねば。新九郎は当てのないまま、背筋を伸ばして歩き出した。有難いことに、どこも痛まない。転落したことによる傷は、特にないようだった。

五十歩も歩かぬうち、辺りの異様さに気付いた。草地のあちらこちらに、鴉《からす》が舞い降りている。十羽や二十羽ではない。何百という数だった。

そして立ちこめている異臭。心当たりがあった。恐ろしく不吉なものだ。思わず鼻に手を当てる。これは、もしや……。

何かに躓《つまず》いた。はっと下を見る。ぞくりとした。人の足だ。目を動かすと、うつ伏せに横たわっている死骸だとわかった。血と泥で汚れきった小袖姿だ。刀傷が見えるので、斬り殺されたのに違いない。八丁堀同心としての習い性《しょう》で、すぐに膝をついて何があったのか調べようとした。

だが、そこで悟った。死骸は、これだけではない。幾つも転がっている。目で捉《とら》えられただけで、およそ十体。別の死骸に歩み寄った。こちらは、具足を着けている。だが、威《おどし》の糸が切れ、形が崩れてばらばらになりかけていた。傍らには折れた槍。地面に何本か、折れた矢も突き刺さっている。刀は見当たらない。

（何だ、これは。まるで、合戦の後じゃねえか）

それにしても、どこなんだ。いつの、何の合戦なんだ。心の中で、何度も繰り返し問うた。叫び出したい気分だった。

しかし、心のどこかではわかっている気がした。前の二度、自分が二百年以上も前の戦国の世に飛ばされたのには、ちゃんと理由があった。全ては、先祖に関わることだ。先祖の危難を救う。どこの神様の仕業か知らないが、そういう役目を割り振られたのだ。そして二度とも、何とかうまく立ち回ることができた。こいつが三度目の正直とするなら……。

少し進んだところで、旗指物《はたさしもの》が落ちているのを目に留めた。竿《さお》は折れ、旗は地面で泥にまみれている。だが、そこに染め抜かれた紋は、見紛いようがなかった。九曜紋。上谷織三郎に災難をもたらした家紋。さらにその横にもう一つ、「大一《だいいち》大万大吉《だいまんだいきち》」の旗印《はたじるし》。

新九郎は旗を拾い上げ、ぐっと握り締めた。

「何てこった」

つい、声に出した。間違いない。こいつは、石田三成の軍勢が掲げていた旗だ。

そして、ここは……。

「関ケ原だ。畜生《ちくしょう》め」

新九郎は天に向かって怒鳴ると、足で地面を蹴った。

さんざん毒づいて、ようやく落ち着いた。

さて、これからどうしたものか。いつまでもここで、ぼうっとしているわけにはいかない。死骸の周りに壊れた具足や刀槍の類《たぐ》いが見当たらないのは、近辺の村の者たちが金目のものを持ち去ったからだろう。江戸で言えば追剥《おいはぎ》だが、この時代では寧ろ当たり前のことだ。

(落武者狩りも、やってるんだろうな)

この様子からすると、合戦が行われたのは昨日だろう。軍記物《ぐんきもの》で読んだ記憶では、合戦が行われたのは慶長五年（一六〇〇）の長月《ながつき》十五日。今は十六日、となるわけだ。東軍の兵たちはもうここから去っているだろうが、残党狩りは続いているだろう。村の連中は刀を奪ったり恩賞を目当てに、敗軍の落武者を狙っているに違いない。一人でうろうろしていては、危ない。

（取り敢えず、どうするかだ）

再び身を低くして目立たぬようにしながら、新九郎は考えた。まず、髷《まげ》だ。この前にこの時代に来た時は、髷の結い方が江戸のそれとは全く違うので、変な顔をされた。髻《もとどり》を切って、自分で茶筅《ちゃせん》に適当に結ってみるしかないか。鏡もなしに形を整えるのは難しいが。

いや、気にすることでもあるまい。ここは戦場だ。髻が切れてざんばら髪になった連中なんか、幾らでもいるだろう。新九郎は肚《はら》を決め、髻を切ると、垂れた髪を後ろでまとめて無理矢理に結った。格好など気にしている場合ではない。こうなると、十手と羽織を置いて来たのは好都合だった。着流しにしている着物はこの時代の小袖とはだいぶ違うが、咎《とが》められるほどではあるまい。しかし、袴《はかま》なしだとどうも侍として格好がつかない。

仕方なく新九郎は、近くに倒れている死骸から血の汚れのなさそうなものを剝いで身に着け、周りに充分気を配りながら再び歩き出した。どこへ、という当てがあるわけではない。とにかく、この戦場からできるだけ早く離れたかった。

二

山裾に大きな木が何本か固まっているところがあったので、ひとまず腰を落ち着けた。ここまで半刻《はんとき》(約一時間)近く歩いたと思うが、幸い、見咎められることはなかった。腹が減ってきたが、飯屋などあるはずもない。今日は食い物にありつけないかもしれなかった。

それにしても、と新九郎は考える。自分がこうして関ケ原に飛ばされたのは、もう一度先祖を救え、ということなのだろう。先祖である湯上谷左馬介は、宇喜多家に仕官したはず。この関ケ原合戦にも、宇喜多勢の一人として加わった、と上谷家の記録には書かれていた。そこで何やら功があって敵方のはずの徳川家に認められ、その臣下に加わり、現在に至っている。どんな功があったのかは、よくわからない。

（もしかして、左馬介が功を上げる手伝いをしろ、というのか）

無事に徳川の臣下となるよう、うまく運べ、と。それが自分に下された命題なら、まず左馬介を見つけなければならない。だが、どうやって？

新九郎は懸命に頭を絞った。宇喜多勢は一万七千ほどと記されていたが、福島正則らの軍勢に蹴散らされ、大敗している。自分がここにいる以上、左馬介は討ち死にすることなく生きているはずだ。確か上谷家の記録では、左馬介が亡くなるのはずっと後だった。だが生き残った宇喜多勢は散り散りになり、どこかへ落ち延びているだろう。左馬介はどこへ行ったのか。

まず考えられるのは、伏見に帰ろうとすることだ、と新九郎は思った。左馬介は長く想い続けてきた旧主鶴岡式部《つるおかしきぶ》の娘、奈津《なつ》姫と夫婦《めおと》になった。五年前のことで、新九郎自身も大いに手助けしている。子も、生まれているはず。であれば、何としても恋女房と我が子のもとを目指すだろう。

いや、と新九郎は思い直す。そう簡単にはいくまい。西軍の生き残りが西を目指す、というのは誰でも考えることだ。石田三成の佐和山城はこの地の西に在り、関ケ原で勝った東軍は、まずそちらを攻め落としにかかる。つまり、西の方には既に東軍の兵が満ちているのだ。そんなところを、無理に通ろうとするだろうか。

真《ま》っ直《す》ぐ近江《おうみ》に向かったのでなければ、どうしたか。迂回《うかい》して、伏見を目指すか。だがそれだと、どこをどう通るのか、絞ることができない。自分一人で闇雲《やみくも》に歩き回っても、何も摑めないのではないか。第一、何日も捜し回るための路銀《ろぎん》は、一文《もん》もないのだ。いったい、神様は俺にどうしろと言うのだろう。

頭を悩ませていると、がさごそと草をかき分ける音がした。新九郎はぎくりとして、身構えた。東軍の兵か、落武者狩りの村の者か。いずれにせよ、見つかっては厄介だ。

急いで動こうとしたが、相手が自分を見つける方が早かった。

「おい、ちょっと」

後ろから声が飛んだ。うっかり逃げて背後から襲われるのも具合が悪い。新九郎は開き直って、ゆっくり振り向いた。

そこにいたのは、若い男だった。見たところ、二十歳前後だろうか。見上げるほど背が高く、六尺（一尺＝約三〇センチ）くらいはありそうだ。大小を差しているので侍には違いなかろうが、具足は着けていない。一人だけで、連れはいないようだ。男は新九郎を、遠慮もなくじろじろと眺めている。

「落武者かと思ったが、どうも妙だな。お主《ぬし》、何者だ」

八丁堀の目からすると怪しく見える奴だが、この時代なら怪しいのは間違いなく新九郎の方だ。さて、どう答えたものか。

「そっちこそ、何者だ。お主も落武者じゃないな」

新九郎は逆に問うた。答えを返せない時は、問いを返すのがいい。相手は、当惑したようだ。

「俺は、だな。まあその、牢人みたいなもんだ」

「みたいなもん、って何だ。この合戦で一旗揚げようとして、紛れ込んだのか」

戦国の世ももう終わりだ。それを承知で、最後の功を上げる機会に賭けた奴もいるだろう。そう思って聞いたのだが、相手は苦笑のようなものを浮かべた。

「まあ、そんなとこだ。あんたもそうなのか」

そうなのか、と聞いていながら、目付きからすると、その男は新九郎を疑っているようだった。新九郎は自分の着物にちらりと目を落とし、無理もないかと思った。新九郎は傷も負っておらず、顔も汚れてはいない。着物も、ここまで歩いて多少は土埃《つちぼこり》が付いたものの、袴以外はまず綺麗《きれい》と言っていい。戦に加わった者には、到底見えまい。

「宇喜多家の家臣の縁者だ。今はそいつを捜している」

「宇喜多の家臣の縁者?」

若い男は、不思議そうに首を傾げた。

「合戦には加わらなかったのか」

「ああ。某《それがし》は、宇喜多の家臣じゃない」

「じゃあ、どこの家中だ」

「……東の方のさる大名、とだけ言っておこう」

「東の方で、東軍には加わってないってのか」

男は思案顔になった。だが少し考えてから、何か得心したようにぽんと手を叩いた。

「そうか。ずっと東の、佐竹《さたけ》か伊達《だて》か、その辺りだな。あんたは一人で合戦の様子を見届けてから、宇喜多勢にいる縁者が無事かどうか、確かめようとしてるのか」

どうやら、この合戦に加わらなかった大名の配下で、宇喜多家と関わりがあったために、合戦の成り行きを確かめるよう命じられて送り込まれた者、と解したらしい。そう思ってくれたなら、まずまずだ。

「合戦の間は身を潜めてたのか。道理で、見た目があんまり汚れてないわけだ」

男は、一人で頷いている。だが男の方もさして汚れていないところを見ると、自分こそ身を潜めていたのかもしれない。

「で、名は」

「瀬波新九郎」

隠すことでもないので、本名を答えた。

「で、お主は」

男はニヤリとした。

「弁之助《べんのすけ》、というんだ」

「名字はないのか」

「ま、ただの弁之助、としといてくれ。不都合はないだろ」

変な奴だ。どうせ本名ではあるまい。まあ、それはどうでもいいが。

「で、これからどうすんだ。その縁者をどうやって捜す」

弁之助に聞かれて、答えに窮《きゅう》した。どうやって、はまだ考えていない。

「考えは、なしか」

弁之助が笑った。見透かされた新九郎は、少しむっとした。が、そこで弁之助は思いがけないことを言った。

「こうしよう。俺が手を貸すから、一緒に捜さぬか」

「何だって？」

新九郎は唖然《あぜん》とした。こいつ、何を考えてるんだ。すると新九郎の表情を見た弁之助が、また笑った。

「そう驚きなさんな。実は俺にも、宇喜多の者を捜す理由があるんだ」

はあ？　と新九郎は驚く。その場の思い付きで言っているわけではなさそうだ。

弁之助はいきなり新九郎に顔を寄せると、近くに誰もいないのにも拘《かか》わらず、声を低めた。

「あんた、宇喜多の殿様が行方をくらまして、まだ見つかってないのを知ってるか」

新九郎は顔を強張《こわば》らせた。

「いや。お主、もしかして宇喜多秀家を追っているのか」

「ほう。見抜かれたか」

弁之助は何だか面白そうに言った。

「思ったより頭が回るな。気に入った」

「何を言ってやがる。お前、宇喜多の殿様を捜し出して東軍に売るつもりか。それとも牢人ではなくて、東軍のいずれかの大名家の手の者か」

「半分当たり、かな」

弁之助は、あまり手入れしていない髭《ひげ》の生えた顎を撫でた。

「まあ、さる大名家と関わりがあるのは認めるよ。けど、宇喜多の殿様を捜せって命じられたわけじゃない。俺が勝手に動いてる」

「つまり、自分一人で恩賞《おんしょう》を期待して、ってことか」

「ま、そういうことだ」

「ってことはだ。俺に手を貸すのは、宇喜多の家臣である俺の縁者を見つけ出せば、宇喜多の殿様がどこへ逃げたかの手掛かりが得られる、と思ったからだな」

「おう、やっぱり頭が回るねえ」

弁之助はなれなれしく、新九郎の肩を叩いた。

「あんたはその縁者さえ助かれば、宇喜多の殿様なんかどうだっていいんだろ」

「まあ、その通りだ」

宇喜多秀家なんぞに関わったら、事が面倒になるだけだった。

「ようし。それじゃあ、一緒にやろうぜ。よろしくな」

調子のいい野郎だ、と新九郎は呆れた。だが、左馬介を捜すなら一人より二人の方がいいし、こうして近くで仔細に見ると、弁之助は体つきもがっしりしていて、目にも濁《にご》りがなかった。案外、使える奴なのかもしれない。それに何より、新九郎と違って今この周辺がどうなっているかという事情に通じているはずだ。

「わかった。で、お前、何か考えがあるか」

そうさな、と弁之助は首を捻った。

「何人かで固まって逃げたなら、目立つから追っ手にやられたかもな。けど一人で逃げたんなら、東軍には捕まってないかも。その代わり……」

弁之助が少しばかり難しい顔になる。

「その辺の村で、落武者狩りに引っ掛かったかもしれねえ。それで殺されてなけりゃ、捕らわれて村に閉じ込められてるだろう」

「閉じ込める？　それは、東軍に引き渡して恩賞をもらう、ってことか」

そうだ、と弁之助は頷く。

「その方が確実に稼ぎになるからな。刀や鎧《よろい》兜《かぶと》は、商人に足元を見られて買い叩かれる」

なるほどな、と新九郎も頷いた。

「で、どっちへ行く」

問うてみると、弁之助は北側の山の手を指した。

「あっちだ。西側は東軍の兵だらけだから避けるとして、土地に不案内な奴なら、最初はやっぱり中山道伝《づた》いに逃げようとするだろう。街道沿いには幾つか村があるから、そこで捕らわれたってぇ見込みが強い」

「ふむ、理に適《かな》ってるな」

弁之助は、筋道立てて考える頭も持っているようだ。

「ところで、その捜してる奴は何ていう名だ」

「湯上谷左馬介、という」

「聞いたことはないな。少なくとも、名のある侍大将じゃないな」

「石高は二百か二百五十、ってところだ」

弁之助が、なあんだ、という顔になった。

「どっちかって言うと、下っ端《ぱ》に近いな」

地位の高い者ほど、殿様の行方を知っていそうだ、と期待するのはわかる。不服か、と新九郎が言うと、弁之助はかぶりを振った。

「他に当てもないし、贅沢は言えん。我慢しとくさ」

何を偉そうに、と新九郎は顔を顰《しか》めた。

弁之助に従ってしばらく進むと、街道に出た。中山道だ、と弁之助が言った。

「しばらく、これを辿《たど》る。村を見つけたら、東軍の侍のふりをして、落武者を捕らえていないか聞いてみる」

わかった、と新九郎は承知した。

「しかし、俺たちが東軍の侍に見えるかな」

「らしくない、と言ってしまえばそれまでだが、要は押し出しだ。居丈高《いたけだか》に振る舞ってりゃ、百姓連中は何となく従うだろ」

そういうものかなあ、と新九郎は首を傾《かし》げた。江戸なら十手を出せば一発だが、ここでは振る舞い一つにかかっている、ということか。

「それにしても、腹が減ったな」

新九郎は腹を撫でた。神田明神の石段から落ちたのは、夕餉《ゆうげ》の前だった。あれは何刻前になるのだろうか。

「俺も減った。村で何か食わせてもらえばいいさ」

弁之助は気軽に言った。日は既にてっぺんを過ぎている。すでに一刻《いっとき》（約二時間）くらい歩いているだろう。

「もう少し行ったら、村が一つあるはずだ」

そう言われたが、ここがどの辺なのかもう一つよくわからない。美濃《みの》国ではあるだろうが、二百年前では城下町や宿場も同じ場所とは限らないし……。

前方の道端の木の後ろに人影が見えた。おや、と思って足を緩《ゆる》める。合戦を避けたのか、人通りがひどく少なく、半刻以上も人と出会うことはなかったのだが。

後ろで気配がした。振り向くと、鎌や鍬、古びた刀などを手にした男たちが、五人ばかり道を塞《ふさ》いでいた。格好からすると侍ではない。この辺の村の者に違いない。

気付くと、前からもあと五人、出て来た。新九郎と弁之助は、十人ほどに囲まれていた。

「何もんだ。どこへ行く」

村人の中で一番大柄で年嵩の男が、聞いた。三十五、六の髭面《ひげづら》だ。手には刀を持っている。太閤《たいこう》の刀狩りが行われて何年も経《た》っているから、恐らく関ケ原で拾って来たのだろう。どうやらこれが、落武者狩りというやつか。

新九郎は弁之助を窺《うかが》った。弁之助は背筋を伸ばし、咳払いする。

「お前たち、落武者を捜しておるのか」

太い声を出して、言った。相手よりさらに大柄なだけに、それなりの威圧があった。だが村の男たちは、答えない。じっと弁之助と新九郎を睨んでいる。弁之助は口調を強めた。

「落武者を捕らえておるのか。であれば、案内せい。そ奴を我らが連れて参る。恩賞は後ほど、我が手の者が……」

「何を言うとる」

年嵩の男が、せせら笑った。

「お前らこそが、落武者だろうが」

「何だと。無礼なことを申すと許さぬぞ」

弁之助が怒鳴った。だが、効き目はないようだ。

「東軍の足軽頭にでも成りすますつもりか。具足も何もなしの、そんな情けない格好をした東軍の侍がいるもんか。儂らを騙《だま》せると思ったのなら、随分と舐《な》められたもんじゃ」

それを聞いた他の村人たちが、大笑いした。弁之助の言葉に畏《おそ》れ入った様子など、欠片《かけら》もなかった。

「ここで儂らに見つかったのが運の尽きじゃ。観念せい」

その声を合図に、何人かが縄を取り出した。明らかに、新九郎と弁之助を縛って捕らえようとしている。新九郎は弁之助の背中を突《つつ》いた。

「どうなってんだよ。全然駄目じゃねえか」

弁之助は振り返り、決まり悪そうに笑った。

「いやあ、うまく行くと思ったのだがなあ」

この馬鹿野郎が。新九郎は弁之助を信用したのを後悔した。だが、既に遅し。

二人はたちまち刀を取られて縄を掛けられ、引き摺《ず》られるようにして街道から連れ出された。

三

街道を北に逸《そ》れてほんの少しのところに、村があった。家は目に入っただけで、ざっと二十戸ほど。山の際《きわ》なので、田畑はそれほど広くはない。材木や山菜、鳥獣なども村の稼ぎにしているのだろう、と見当をつけた。

「ここは、どこの村だ」

小声で弁之助に聞いた。が、返ってきた答えは「知らん」というにべもないものだった。

新九郎は自分で考えた。関ケ原からは、結構東に来ている。中山道なら、この辺には垂井《たるい》、赤坂《あかさか》、美江寺《みえじ》とかいう宿場があるはずだ。だが新九郎は中山道をここまで歩いたこともないし、道中記を読んだだけなので、宿場がどういう順番だったかも覚えていない。それどころか、この時代に宿場がちゃんとあったのかすら、知らないのだ。

(美濃国なのは間違いなかろうから、まあ、その辺のどこかだろう)

大雑把《おおざっぱ》にそう割り切った時、「止まれ」と言われた。足を止めると、村の中で一番大きそうな家の前だった。名主《なぬし》とか村長《むらおさ》とか、そういった者の住まいだろう。新九郎たちを連れてきた頭の男が、家の中に向かって「治右衛門《じえもん》様」と呼ばわった。それがここの主《あるじ》の名だろうか。

間もなく、五十ほどと見える小柄な男が出て来た。袖のない羽織を着ており、頭は半分ほど白くなっている。頭が一礼したので、これが治右衛門という村長に違いない。

「おう、吾兵衛《ごへえ》か。その二人は」

治右衛門は手を後ろで組んで、新九郎たちを顎で指した。

「落武者ですわ。のこのこ街道を歩いて来たんで、捕らえました」

「落武者、のう」

治右衛門は頭のてっぺんから爪先まで、まじまじと新九郎たちを見て、少し首を傾げた。

「戦場から逃れてきたにしては、随分と身ぎれいじゃのう」

確かに新九郎も弁之助も、泥や血糊《ちのり》が付いているわけでもなく、矢傷も着物の綻《ほころ》びもなかった。合戦に加わった後、とは見えないだろう。治右衛門は分別《ふんべつ》があるようなので、落武者ではない、と申し立ててみようか。

「俺たちは……」

新九郎が言いかけると、吾兵衛と呼ばれた頭に小突かれた。

「落武者に見えないよう、川で身を洗ったに違いねえ。着物は、どっかで盗んだんだろう」

そんないい加減な見立てがあるか、と思ったが、治右衛門が頷いたので、今言っても無駄だろうと悟った。吾兵衛は馬鹿にしたように新九郎を見た。吾兵衛の方が新九郎より頭半分ほど上背があるので、見下ろされる感じだ。

「ふん、浅知恵を使いおって」

吾兵衛が鼻で嗤《わら》った。浅知恵はどっちだ、と言いたいところだ。

「こいつらも、納屋《なや》へ入れときますかい」

「ああ、そうしておきなさい。じきに、内府様の手の者が受け取りに来るじゃろう」

治右衛門が「内府」と口にしたのを聞いて、新九郎は目を見張った。内府とはもちろん、東照神君家康《とうしょうしんくんいえやす》公のことだ。その手の者、と言うからには、徳川家の足軽が来るのだろう。二百年の時を隔てているとはいえ、自分と同じ立場の者が自分を捕らえるとは、何とも皮肉な話だった。

待てよ。吾兵衛は今、こいつら「も」と言った。ということは、先客がいるのだ。いったい何人を捕らえているのだろう。ただの百姓と侮るには手強そうな連中だ、と新九郎は唇を歪《ゆが》めた。

吾兵衛たちは新九郎と弁之助の縄を解《ほど》くと、家の裏手に連れて行った。両側から腕を摑まれているので、抗《あらが》えない。

裏手に回ると、納屋があった。隣は馬小屋で、馬が一頭入れられている。納屋には棒を持った見張りが、二人も付いていた。

「新入りじゃ。開けろ」

吾兵衛が言うと、見張りの一人が戸を引いて開けた。新九郎と弁之助は、押されて中に入った。後ろですぐに戸が閉められる。牢ではないから錠前などはないようだが、つっかい棒が支《か》われる音がした。

「やれやれ、しょうがねえなあ」

弁之助が溜息《ためいき》とともに言ったが、すぐに男が一人、奥の方で蹲《うずくま》っているのに気付いた。納屋なので窓はないが、屋根との間などに隙間《すきま》があるので、光は入る。その光で、先客の顔がわかった。同時に先客にも、新九郎たちの顔がわかったようだ。先客はあんぐりと口を開け、呆然《ぼうぜん》とした様子で新九郎を見つめている。弁之助が、いったいどうしたんだ、とばかりに二人の顔を交互に見つめた。

やがて先客が、絞り出すような声で言った。

「せ……瀬波新九郎ではないか。いったい、どうして……」

驚いたのは新九郎も同じだった。しかし、吾兵衛の言葉から先客がいると気付いたところで、淡い期待を抱いていたので、相手ほどには衝撃を受けなかった。

「やあ、左馬介殿。奇遇《きぐう》ですなあ」

確か伏見の牢でも、それがしを見て同じ台詞《せりふ》をおっしゃいましたな、と笑って挨拶すると、湯上谷左馬介は、わけがわからんという風に首を振った。

「お主も、合戦に加わっていたのか。西軍か」

「いや、そういうわけではないんですがね」

どう言ったものか、と考えていると、弁之助が口を出した。

「左馬介って、あんたが捜してる宇喜多家中の縁者は、この人なのかい」

「ああ、まあな」

新九郎が認めると、弁之助はニヤリとした。

「そりゃあ、会えて良かったじゃないか。な、俺が言った通り、落武者狩りに捕まってただろう」

見込み通りだと、まるで自慢するように言うので、新九郎は渋面を作った。

「何言ってやがる。俺たちも捕まったんじゃや、話にならねえだろうが」

それもそうだ、と弁之助は頭を掻《か》いた。そこで左馬介が、初めて気付いたように弁之助を指した。

「お主は、誰だ。新九郎の仲間か」

「仲間？　うん、そうだ」

弁之助は躊躇《ためら》いもなく、あっさりと言った。今朝初めて会ったのに、もう仲間面《づら》か。新九郎は内心で苦笑したが、否定するとややこしくなりそうなので、放っておいた。左馬介はそれで一応得心したのか、弁之助の素性についてはそれ以上聞かなかった。

「それで新九郎、どの軍勢に加わっておったのだ」

左馬介が催促するように言った。新九郎は、五年前に左馬介と別れた時のことを思い出しながら、答えた。

「ほらその、東国へ旅する、と前に言ったでしょう。旅先で天下分け目の合戦になると聞いて、この目で見ようと来てみたんです。そうしたら西軍が大負け、宇喜多勢も散り散りになったようなので、貴殿のことが心配になりましてね。捜していたら、俺たちも落武者と思われて、このザマです」

「捜して？　この儂をか」

左馬介の目が丸くなる。

「なぜ、そんなことを……」

「奈津様と、夫婦になられたんでしょう。お子もおありなのでは」

左馬介の顔が、ぱっと赤らんだように見えた。

「う、うむ。それについては、誠に世話になった。改めて礼を申す」

改まって頭を下げようとするのを、いやいやと止めた。

「今はそんなことはいいです。おわかりでしょう。私は左馬介殿に、何としても奈津様の元に無事お帰り願いたい。そのための手伝いをしたいんですよ」

「うむ……それほどまでに」

左馬介は拳を握って、俯いた。泣いているようだ。感激してくれたらしい。

「済まぬ。このようなことになってしまって」

「詫びられることではないでしょう。今はとにかく、ここから逃れ出る算段をしませんと」

そう時を置かず、徳川勢の足軽たちが来てしまう。引き渡されたら、その後で逃げるのは難しい。

「しかし、ここには見張りがいる。見張りを倒せたとしても、刀は奪われたままだ。そう広い村ではないから、すぐに囲まれてしまうぞ」

「だから、手を考えて……」

「あの、ちょっといいかな」

弁之助が後ろから言った。新九郎を押し出すようにして、左馬介の隣にしゃがみ込む。

「逃げる算段の前に一つ聞いときたいんだが、あんた、宇喜多の殿様がどこへ行ったか知らないか」

「殿が？」

左馬介が目を剝《む》く。そう言えば、弁之助の狙いはそれだった。

「どこへ行った、とは……討死《うちじに》されたのではないのか」

「討死してはいない。戦場から逃れた、ってことだけはわかってる。けど、どこへ落ち延びたかがわからねえ」

あんたは宇喜多家の者だから、何か心当たりがあるんじゃないか、と弁之助は迫った。が、左馬介は遠くを見る目付きになった。

「そうか、殿は逃れられたか。敵に首を取られることはなかったのだな。良かった。安堵した……」

左馬介は神仏への感謝を呟《つぶや》き、弁之助が何度尋ねても、耳に入っていないようだった。

「駄目だ、こりゃ」

弁之助は手を上げた。

「宇喜多の家中の侍なら、殿様が誰を頼るかって心当たりくらいあるかと思ったんだが。やっぱり下……」

　下っ端じゃ無理か、と言いかけたようだが、さすがに口をつぐんだ。左馬介はろくに聞いておらず、気にも留めていない様子である。

「で、どうする」

　頭を切り替えたらしく、弁之助は新九郎に言った。どうやって逃げる、と問うているのだ。

「どうするって……」

　これから考える、と言おうとした時、がたがた音がして戸が細く開けられた。

「食え」

　雑穀《ざっこく》の握り飯が載った板切れが、差し入れられた。有難いことに、飢《う》えさせる気はないようだ。新九郎たちが受け取ると、すぐに戸は閉められた。

「毒入りってことは、ないよな」

　握り飯を持ち上げて、弁之助が言った。本気ではなかったようだが、左馬介が
「それはあるまい」と応じた。

「今朝も食ったが、何ともなかった」

「そんなら、食いましょう。逃げるにしても、腹が空っぽではねえ」

　ようやく食い物にありつけた新九郎は、一気に頬張《ほおば》った。茶、とは言わないが、水でもほしいところだ。まあ、贅沢を言える立場ではない。

　握り飯を飲み下してから、新九郎は二人に言った。

「逃げるんなら、夜でしょうね。月明かりはあるだろうが、陰を伝うことはできる。山に入れば、何とかなる」

「この納屋から、どうやって出る」

　左馬介が問うと、新九郎は戸口と反対側の羽目板《はめいた》を指した。

「右の一番下の板は、腐りかけてる。あいつを剝《は》がすのは、難しくないでしょう」

　音が心配だが、見張りが寝込むのを期待するしかあるまい。

「しかし、暗い中で山に入っても、方角がわからん。この辺の山は、村の連中なら知り尽くしているだろうから、不利だぞ」

　弁之助が言った。それは承知の上だ。

「明るい中で逃げるより、幾らかましだろう。他に思い付く手はあるか」

　弁之助も左馬介も、かぶりを振った。

「じゃあ、暗くなるまでおとなしく待ちましょうや」

新九郎は軽い調子で言うと、胡坐《あぐら》をかいて板壁に背中を預けた。自信ありげに言ったものの、自分でも危ない橋だ、というのはわかっていた。切羽《せっぱ》詰まっていなければ、まずやらないだろう。俺をここへ送り込んだどっかの神様か何かが、ちょいと助けてくれるんじゃないか。そんないい加減な望みを、当てにするしかなかった。

残念ながら、日が暮れる少し前にその望みは潰《つい》え去った。外から数人の足音と話し声が聞こえ、弁之助が板壁の隙間に目を当てて様子を窺った。そして、舌打ちした。

「足軽が五人、来てやがる」

くそっ、と新九郎は毒づいた。夜になる前に、お迎えが来ちまったか。新九郎も隙間から覗《のぞ》いてみる。治右衛門が、足軽の組頭と話をしていた。中身は聞き取れないが、様子からすると、新九郎たちを捕らえた褒美の交渉をしているらしい。組頭は難しい顔をして何やら治右衛門に言い返していたが、治右衛門は怯《ひる》む様子はなく、粘っている。何度か言葉の行き来があってから、組頭が不承《ふしょう》不承《ぶしょう》、という風に頷いた。話が成ったらしい。俺たちは幾らで売られたんだろう、と新九郎はつまらないことを考えた。

　組頭がこちらを向いた。治右衛門が案内するように先に立ち、納屋の前にいる見張りに戸を開けるように言った。すぐにつっかい棒が外され、ひどく軋《きし》む音を立てながら、戸が開いた。新九郎たちは、少し奥に下がった。

　髭面の組頭が、納屋に踏み込んできた。じろりと新九郎たちを見下ろし、値踏みするように顔を検《あらた》めていった。

「どこの家中の者か」

　組頭が聞いた。みんな牢人だ、と新九郎は答えようとしたが、左馬介が「宇喜多家だ」とはっきり言って胸を反《そ》らせた。左馬介なりの誇りがあるのだろう。お前如《ごと》きが偉そうにするな、という態度だ。

　組頭は、腹立たし気に左馬介を睨みつけた。殴るのか、と新九郎は身構えたが、組頭は「そうか」とだけ言ってすぐに背を向け、戸口の治右衛門に頷くと外に出た。いろいろ問い質すのは上役の仕事、とわきまえているのだろう。

　戸が閉められると、新九郎と弁之助はすぐ戸口の両脇の板壁に寄り、隙間から外に目を凝《こ》らした。幸いと言うべきか、組頭と治右衛門は戸口から二、三歩のところで話をしている。声は低めているが、話していることははっきり聞き取れた。

「もう日暮れだ。陣へ戻るまでに暗くなる。夜に運ぶのは避けたい」

組頭が治右衛門に言った。どこに潜んでいるかわからない残党に襲われるのを、気にしているのだ。

「では、お泊まりになって明朝、出られますか」

「そうしよう。泊まれるところはあるか」

「はい、そこに一軒、空家になっている家がございます。亭主が野盗《やとう》にやられて、女房は里に帰りましたんで」

いいだろう、と組頭は頷き、配下四人を連れて治右衛門の案内で二十間（約三六メートル）ほど先の家に行った。新九郎は、ほうっと息を吐いた。

「明日の朝まで、このままってことになったな」

「じゃあ、やっぱり夜に逃げるか」

弁之助が言うのに、いいや、と新九郎はかぶりを振る。

「足軽どもが来ちまったからな。あいつらも馬鹿でなきゃ、見張りを立てるだろう。村の連中だけならまだしも、戦慣れした足軽相手じゃ、どうもな」

だろうな、と左馬介も賛同した。

「代わりの手は、何かないものか」

「何とかなるとしたら、明け方でしょう。一番眠い時で、誰しも気が緩んでいる」

「言い切れるかい」

弁之助が疑わし気に言った。

「何度も言うが、縄を掛けられて連れ出されたら、徳川の陣に着くまで何もできねえ。着いたら着いたで、見張りはもっと増える。俺たちは負けて降参した格好だから、殺されはしねえとは思うが」

「まあそりゃ、相手次第だろうな」

結局、様子見か、と弁之助は、幾分投げやりな調子で言った。

しばらくすると、暗くなった。が、真っ暗ではない。外が明るいのだ。隙間から見ると、母屋と納屋の間に、いつの間に用意したのか篝火《かがりび》が焚《た》かれていた。

新九郎は舌打ちした。夜陰《やいん》に乗じる、という企ては、やっぱりもう無理だ。

「見張りの足軽も一人いるな。こりゃあ、しょうがねえな」

隙間から外を確かめた弁之助が、言った。

「もう、寝るしかなさそうだ」

弁之助は嘆息《たんそく》すると、敷いてある藁《わら》の上に寝転がった。左馬介も、諦めたように横になる。

「明け方には、起きて下さいよ」

新九郎は念を押してから、自分も目を閉じた。すると、あまりに目まぐるしかった一日の疲れか、あっという間に意識が飛んだ。

はっとして目を開けた。既に薄明るくなっている。夜が明けたのだ。しまった、と新九郎は体を起こした。明け方の隙を狙ってみるはずだったのに、寝過ごしたのか。

そこで気が付いた。外が騒がしい。そのせいで目が覚めたのか。見回すと、弁之助と左馬介も起き上がって、目を瞬いている。左馬介が頭を振り、「何か……」と問いかけた。

「何じゃ、どうしたんじゃ！」

外で治右衛門の叫び声がした。急いで板壁の隙間に目を当てる。数人の村の衆が集まり、ざわめいていた。吾兵衛が、ひと際目立つ大柄な体を揺すり、喚《わめ》くように言った。

「ああっ、治右衛門様。大変じゃ、大変なんじゃ。足軽連中が」

「あのお人たちが、どうした」

「こっ、殺されとる。五人ともじゃ」

# 四

「何だと！　殺されとるだと」

同じ叫びが、外と内から上がった。外のは治右衛門、内のは左馬介だった。

「どこじゃ。どこで殺されとる」

「あっちじゃ。向こうの林の手前」

治右衛門が駆け出した。吾兵衛が前を指差しながらすぐ後を追い、他の村の衆もそちらに向かった。

戸口の左右で、落ち着かなげな気配を感じた。見張りの二人が、自分たちはどうしたらいいのか、と気を揉んでいるのだろう。

「おい、お前たち」

新九郎は見張りに声を掛けた。

「な、何じゃ」

「その足軽が殺されてる場所ってのは、ここからどのくらいある」

「あ、ああ、あっちに一町（＝約一〇九メートル）足らずじゃ」

隙間から、見張りが北の方を指すのが見えた。

「お前ら二人とも、足軽たちがそっちに行くのに、気付かなかったのか」

「い、いや、そう言われても」

見張りの男は、狼狽《ろうばい》した様子で答えた。

「夜中に何かあったらしくて、篝火のところで見張りに立っていた足軽が、呼ばれたんじゃ。それから、あっちの家から足軽連中が出て行くような音がしたが、その先は暗くって……」

おい、ともう一人の見張りが怒ったように言い、喋《しゃべ》っていた見張りは慌てて口を閉じた。捕らえた落武者相手に、何も教えてやることはない、というわけか。

仕方ないな、と新九郎は戸口に背を向けて座り込んだ。弁之助が傍らに寄る。

「なあ、いったいどういうことだろうな」

どう、と言われても見当が付かない。「さっぱりわからん。だが、足軽が五人とも殺されたとなると、これからの成り行きはだいぶ変わりそうだな」

「ああ。でも、どう変わる」

「こっちが聞きてえや」

新九郎は苦笑して、凝った首筋を手で叩いた。


半刻くらい経ったろうか。日が高くなってきた頃、治右衛門が戻ってきた。うなだれて、総身《そうみ》に憂いが表れている。従う吾兵衛も、すっかり困惑していた。

「難儀《なんぎ》なことになった、難儀なことになった」

治右衛門は、まるでお経のようにぶつぶつと繰り返していた。が、納屋の前に来ると急に足を止め、こちらに顔を向けた。何を思ったか、眉が逆立っている。

治右衛門はつかつかと戸口に歩み寄ると、自分でつっかい棒を外し、戸を開けた。

「おい、おのれら！」

座り込んでいる新九郎たちに向かって、いきなり喚《わめ》き立てる。

「おのれらが、内府様の足軽を殺したんか」

あまりのことに、三人とも唖然とした。

「何を言ってるんだ」

新九郎が聞くと、治右衛門は顔を真っ赤にした。

「村の者がやったはずはねえ。おのれらは西軍で、内府様の敵じゃろうが。やったとしたら、おのれらしかおらん！」

「おっさん、ちょっと落ち着けよ」

弁之助が薄笑いと共に言った。

「俺たちは、ずっとここに閉じ込められてたんだぜ。どうやって足軽を殺しに行った、ってんだよ」

「そ、それは……」

治右衛門は言っていることの矛盾《むじゅん》に気付いたようで、口籠る。

「ど、どこかからこっそり脱け出して、暗がりで襲ったんじゃ……」

「あのなあ。よく見ろ。どっから脱け出すんだ」

弁之助は納屋の内側を手で示した。

「だいたい、脱け出せたんならとっくに逃げてるぜ。ここに戻ってるわけがねえだろ」

治右衛門は言い返せなくなって、口をぱくぱくさせた。新九郎は立ち上がり、治右衛門の顔を覗き込むようにして言った。

「俺たちはここでおとなしく寝てた。疑うなら、そこの見張りに聞いてみろ」

言われて思い出したか、治右衛門は二人の見張りの方に顔を向けた。

「これ与助《よすけ》、又三《またぞう》、この者たちは、夜通しここから出ておらなんだのか」

呼ばれた見張りは、何度も頷いた。二十歳くらいのがっしりしたのが与助、もう少し上でちょっと太いのが又三、というらしい。

「へ、へい、治右衛門様。三人とも、ちゃんと中にいました」

治右衛門は怒ったような顔で二人に迫った。

「間違いないか。居眠りなんぞ、しておらなんだろうな」

「そんなこと、しとりゃあしません」

与助が懸命に言った。その様子を見る限り、やはり少しはうとうとしていたんだろう。もちろん新九郎は黙っておく。

「とにかく、こいつらは一晩中、こん中におったです」

「そんな……」

治右衛門はへたり込むように腰を落とした。

「じゃあ、いったい誰の仕業なんじゃ」

村の連中は、わけがわからぬ様子で互いの顔を見合っている。まあ、考えられることは、あの足軽連中は西軍の残党、落武者の類いと出くわし、斬られたのだ、というぐらいだ。しかし、斬り合いになったならその騒ぎで村の者が気付くだろう。一町も離れていない場所なら、新九郎たちですら聞き取れたかもしれない。

（もし、音も立てずに五人を討ち果たしたのだとしたら……）

「忍びかもしれないな」

新九郎の考えを読んだように、弁之助が囁いた。

「西軍方の忍びか。しかし今頃、何でこんなところに」

「そんなこと、俺にわかるか」

弁之助はそれきり考えはないようだ。表では、戸を閉めるのも忘れて、治右衛門がまだ呻いている。

「ああ、本当に難儀じゃ。内府様の他の足軽や侍が捜しに来て、あの者たちの死骸を見つけたらどうなる。この村の者の仕業と思われたらどうなる。西軍に加担したと見られて、村が根絶《ねだ》やしにされてしまうかもしれん」

それを聞いた吾兵衛や与助たちは、みんな青ざめた。勝ち戦に酔った東軍の兵が、村に乱入するところを頭に浮かべたようだ。

新九郎の方は、冷めていた。心配し過ぎではないか。今さら負けた西軍に与《くみ》し、敢えて東軍の兵を襲おうと考える村なんか、あるはずがない。そんなことは東軍の誰もが承知しているだろう。合戦の前の見せしめ、というならまだしも、終わった後であらぬ疑いをかけて村を根絶やしになどしたら、後々の治世《ちせい》に響く。

「何とかして足軽を殺した者を見つけて捕まえねば、儂らが責めを負わされる。しかし、どうすればいい、どうすれば……」

治右衛門は頭を抱えていた。取り越し苦労だと言っても、耳に入りそうにない。まあこちらとしては、引き渡しが先延ばしになっただけでも有難いが……。

そこで閃《ひらめ》いた。これは、好機ではないか。

「治右衛門殿、話がある」

新九郎は戸口に立って治右衛門を呼んだ。治右衛門が、ぎくっとしたように振り向く。

「な、何じゃ」

「俺たちがその、足軽を殺した奴を捕まえてやる、と言ったらどうする」

「おのれらが、捕まえるじゃと」

治右衛門は目を剝いた。

「落武者が、何を言うておる。おのれらの仲間がやったのではないんか」

「いいや。この辺に仲間などおらん。生き残った者は、とっくにはるか先へ逃げておる。でなければ、一人や二人で歩いて易々《やすやす》と捕まりはせん」

治右衛門が唸った。それもそうだ、と思ったらしい。

「西軍の落武者の仕業ではない、と言いたいんか」

「いいや、恐らくは落武者だろう。しかし、宇喜多の朋輩《ほうばい》でなく、石田治部や大谷刑部なんかの配下だった奴なら、俺たちに助ける義理はない。寧ろ俺たちは、そいつらのせいでこんな目に遭ったも同じだからな」

石田三成こそ憎たらしい、と顔を顰《しか》めてやると、治右衛門は興味を引かれた様子だ。

「治部でも刑部でもええが、そっちの奴らなら捕らえても構わん、と言うんか」

「そうだ。もちろん、こっちにも利がなくちゃいかん。首尾《しゅび》よく捕まえたら、俺たちを逃がしてくれ」

「そんな」

治右衛門が笑った。

「下手人を捜すとか言って、儂らの目を盗んで逃げる気じゃろう」

「心配なら、誰か俺たちに張り付けときゃいい。もし逃げたとしても、東軍には俺たちが足軽を殺して逃げた、と言っておけば良かろう。それでこの村は疑われまい」

治右衛門が迷う素振りを見せた。すると横から与助が、「治右衛門様」と声を掛けた。

「あの、面倒なことをせんでも、こいつらをこの場ですぐ逃がす、っちゅうのはどうです。今こいつが言うたように、こいつらが下手人だってことにしておけばいい」

うむ、と治右衛門が考え込んだ。新九郎としては、ここから出られるならどちらでもいい。下手人は野放しになるが、それが気になるのは八丁堀同心としての性《さが》であって、乱世では幾らでもあることだ。

「いっそ殺しちまう、って手も」

与助の後ろから、吾兵衛が囁いた。新九郎はびくっとしたが、聞きつけた弁之助が進み出た。顔に馬鹿にしたような笑みを浮かべている。

「ほう。俺たちを殺せるのかい」

堂々とにじり寄ると、吾兵衛は退いた。弁之助の体軀《たいく》は吾兵衛を上回る。簡単に殺せる相手ではない、と改めて悟ったようだ。新九郎もその胆《きも》の太さに、ちょっと驚く。

「じゃあ、やっぱり逃がしますか」

吾兵衛が引き下がったので、与助がもう一度聞く。

「いや、そうもいかぬ」

しばし考えた末に、治右衛門が言った。与助が驚く。

「どうして」

「下手人が落武者で、とうにどこかへ去った、というならそれでいい。じゃが本当のところ、何者が何故あの足軽を殺したか、わからんのじゃ。放っておいて、また村に災いが起きんとも限らん」

与助は首を傾げた。

「野盗とか、そういう奴の仕業で、この村を狙ってるかもしれねえ。そうおっしゃるんで」

「それもわからん。捕まえてみんことにはな」

とにかく、と治右衛門は背筋を伸ばした。

「狼藉《ろうぜき》を働く者がこの辺をうろついておるなら、村長として、手を打たねばならん」

　与助は「はあ」と生返事して、傍にいた吾兵衛と又三に問いかけるような目を送った。二人とも、曖昧《あいまい》な表情をしている。

「いやまあ、そりゃあ、せっかく合戦が終わったっちゅうのに物騒《ぶっそう》な奴に入り込まれちゃ、困りますわな」

　吾兵衛が賛同した。新九郎はほっとした。話は、望む方向に向かっている。新九郎は駄目を押した。

「俺たちはここにずっと閉じ込められ、見張られてた。つまり、どうあっても俺たちだけは下手人じゃない、ってことが明らかにされてるわけだ。下手人を捜すには、うってつけだと思わないか」

　新九郎は、最初に二百年を超えて飛ばされた、天正六年の青野《あおの》城のことを思い出していた。あそこでは、まさしく今度と同じように、新九郎が見張られていたおかげで絶対に下手人でないことが明確だったため、殺しの探索をすることになったのだ。

「うーむ、道理じゃな」

　治右衛門は、不承不承、という感じで頷いた。

「よし。じゃあ、殺しがあった所へ案内してくれ」

新九郎が迫ると、治右衛門はまだ少し躊躇《ためら》ったものの、「こっちじゃ」と先に立って歩き出した。新九郎は弁之助と左馬介に笑いかけると、治右衛門について納屋の外に出た。

二、三軒の家の脇を抜けた後、百歩も行かないうちに具足姿の死骸が見えた。家々が寄り添っているところから少し外れた、山際の木々の下だ。一人は槍を手にし、残りは刀を抜いたままで倒れていた。新九郎はその場所まで行くと膝を突き、死骸を検めた。
「ほう、こいつは」

刀傷を見て、呟きが漏れた。一刀のもとに首筋を斬られている。隣の一人は、脳天を割られていた。後は、首を骨まで斬り込まれたのが一人。もう少しで首が飛ぶところだ。喉を突き刺されたのが一人。組頭は、背中を肩口から具足の合わせ目に沿い、心臓に達するまで斬り下ろされていた。いずれも、具足で守られた箇所を避けて一撃で致命傷を負わせている。

「とんでもなく腕の立つ奴だな」

後ろから覗き込んだ弁之助が言った。新九郎と同様に見立てたらしい。まあ、刀傷の見立ては江戸の役人より、この時代の侍の方が慣れているだろう。

「一人の仕業か」

左馬介が聞いた。「どうですかね」と新九郎は答える。

「一人かもしれんが、斬ったのと刺したのは、別の奴のような気がする。二人、と見ておいた方がいいかもしれませんな」

「そうだな。一人で五人、いっぺんに片付けるのは難しいからな」

弁之助も頷く。

「そんなに凄《すご》いんか」

治右衛門が聞く。「ああ」と新九郎は返事した。

「月があったとはいえ、夜だ。暗いのに、斬り合いの音に誰も気付かなかったほど、あっという間の仕事だ。不意を突いたとしても、只者《ただもの》じゃねえ」

やっぱり忍びなのかもしれない、と新九郎は思った。しかし、忍びなんかがどうしてこの村へ？　特に何もないはずなのに。

「おい、与助」

新九郎は立ち上がり、振り向いて見張りの男を呼んだ。

「何だい」

「この足軽は、昨夜お前のすぐ近く、篝火のところに立っていた奴だな。お前はさっき、こいつが他の足軽に呼ばれてどこかへ行った、と話したな」

「ああ、そうだ」

「もう一度聞くが、いつのことだ」

「さあ。夜中だったのは間違いねえが」

何刻頃だ、と聞きかけて思い止まった。ここで刻限など、ごく大雑把《おおざっぱ》にしかわからないだろう。

「呼ばれた時の様子を詳しく教えろ」

「ああ。呼びに来たのは、この連中が泊まった家のこっち側で見張りに立ってた奴らしい。どうも、何か怪しいものを見たとか何とか言ってたような気がする」

怪しいもの？　それは、村の衆や自分たち以外の誰かの姿、ということだろうか。

「何だ、そうなら早く言わんか」

治右衛門が叱った。与助は「今まで聞かれんかったもんで」と頭を掻いた。

「その後、家の方から音がして、足軽がみんな出て行ったのがわかった。何だろうなと思ったけど、俺は納屋から離れるわけにいかねえんで」

「ここで斬り合う音は、聞こえなかったか。叫び声とかは」

「刃物がぶつかったような音は、確かに聞こえた。でも、大きな音じゃなくて、一度か二度だったかな。だから気にも留めなかったんだ」

具足の札《さね》か草摺《くさずり》が擦《こす》れ合った音、ぐらいに思ったという。ならば足軽たちは、刀を抜いただけで反撃する間もなかったのだ。

「何も怪しいもの、常と変わったものは見ていないんだな」

念のために聞いたが、与助も又三も「暗かったんで」と、さっきと同様に答えただけだった。

「地面を調べてみよう」

新九郎は二、三歩離れて再びしゃがみ込んだ。下生《したば》えは踏み荒らされているが、足跡は判別できない。それでも、強く踏まれた跡が何歩か先まで続いているのは、わかった。

「足跡か」

左馬介が顔を近付ける。

「ええ。でも、すぐ消えてます。山の方へ上がったんでしょうね」

左馬介が左手の山を見上げた。雑木やシダ、低木が繁り、人が通った痕跡《こんせき》は見難い。よくよく調べれば、枝の折れた跡などで追えるかもしれないが、さほど期待はできない。

「山を調べた方がいいか」

左馬介が言ったが、新九郎は「今はやめときましょう」と言った。

「広すぎるし、そんな人手もない。向こうが思った通りの手練《てだ》れなら、痕跡も消してるでしょう」

そうだな、と左馬介も頷いた。そこで弁之助が、声を低めて問うた。

「あんたら、こういうことに慣れてるのか」

「こういうことって、殺しの調べか？」

「ああ。見立ては確かだし、どうも手際《てぎわ》も良さそうだ。城下で役人でもやってたのか」

まさしく役人なんだがね、と新九郎は苦笑しかけた。代わりに左馬介が言った。

「その通り。新九郎は物調べの目利きだ。儂が五年前にあらぬ疑いで捕らえられた時、新九郎が本当の下手人を捜し出して助けてくれた」

へえ、と弁之助が目を丸くする。

「そんなことがあったのか。大したもんだな」

　自分にその調べをさせたのが石田三成だった、というのは、この場で考えると皮肉だな、と新九郎は笑いそうになる。

「それでさっき、俺たちに調べさせろって名乗り出たわけか。自信があるってことだ」

「そいつは正直、調べてみねえと何とも言えねえ。しかし、おかげで納屋から出られたじゃねえか」

「その通りだ。礼を言うよ」

　軽く頭を下げた弁之助の肩を叩き、新九郎は治右衛門に言った。

「俺たちの刀を、返してもらいたい」

　治右衛門は「とんでもない」という顔をした。

「お前たちに刀を持たせるわけにはいかん」

「何を恐れてる。あんたらが恐れる相手は、足軽を斬った連中だろう」

　新九郎は死骸を指して言った。

「いいか。見た通り、下手人は凄腕だ。そんなのを素手《すで》で相手にできるか」

「そう言うても……」

「あんたたちじゃ太刀打《たちう》ちできまい。村を守るには、俺たちが必要だろうが」

俺があんたらに刀を向けると思うか、と畳《たた》みかけると、治右衛門は眉間《みけん》に皺《しわ》を寄せた。どちらが危ないか、秤《はかり》にかけて思案する様子だ。

やがて治右衛門は一つ溜息を吐《つ》き、新九郎に言った。

「お前の刀だけ、返してやる。残りは駄目だ」

「おいおい、そりゃねえだろ」

弁之助が文句を言った。だが治右衛門は首を縦に振らなかった。やはり三人ともに刀を持たせては何をするかわからない、と思っているのだ。まあ、ここは仕方あるまい。「わかった」と応じると、弁之助は不服そうに唇を曲げた。

「吾兵衛、こやつの刀を持って来てやれ」

治右衛門が命じると、吾兵衛は顔を顰めた。

「いいんですかい」

「背に腹は替えられん。足軽を殺した奴らの方が危なかろう」

吾兵衛はまだ得心しかねるようだったが、小走りに村に戻ると、しばらくして新九郎の刀を抱えてきた。

「ほらよ」

差し出された刀を帯に差すと、ぐっと安堵が増した。やはり侍には刀がなくては。

新九郎が再びしゃがみ込み、邪魔するなという目付きで睨んでやると、治右衛門と吾兵衛は少し後ろに下がった。だが新九郎たちの見張りは続けるようだ。それは仕方あるまい。他の村人たちは、治右衛門に促されて自分たちの仕事に戻って行った。

さらに仔細に地面を調べていると、弁之助が囁きかけた。

「おい、これからどうする」

「もっと細かくこの辺を調べる。手掛かりがなければ、村の中に何か見たか聞いたかした者がいないか、聞き回る」

顔も向けずに答えると、弁之助は驚いたように言った。

「あんた、本気で下手人を捕らえる気か。てっきり隙を見て逃げ出すための方便《ほうべん》だと思ってたんだが」

「それは考えたけどな」

新九郎は治右衛門たちの方を目で示した。

「ずっと見張られてる。逃げる素振りをしたら、忽《たちま》ち追いすがられ、取り囲まれる。土地に不案内な俺たちは、分《ぶ》が悪い」

「あんたのだけとはいえ、刀が手に戻ったんだ。斬り抜けられなくはないだろう」

「お前、罪科《つみとが》のない百姓を、何人も斬れるか」

「そりゃあもちろん……」

言いかけた弁之助は、苦笑と共にかぶりを振った。

「やりたくはないな」

やはりこの男、非情ではないのだ。出自も、農民に近い地侍《じざむらい》なのだろう。

「それにだ。お前、金はあるのか」

えっ、と弁之助は懐を押さえた。

「威張《いば》れるほどは持ってない」

「だろ。俺と左馬介に至っては、文無《もんな》しだ。ここから逃げても、追剝《おいはぎ》でもしないと食いはぐれる。そこで、だ」

新九郎はまた、横目で治右衛門を見た。

「うまく下手人を捕らえたら、礼金を出させる。足軽を斬った奴が西軍の残党なら、東軍から褒美をせしめられるかもしれんから、事前に分け前を頂戴してやろうってわけだ」

弁之助は目玉をぐるぐる回した。

「あんた、随分としたたかだな」

生き馬の目を抜く江戸で役人をやってりゃ、そうなるさ。新九郎は肚の中で笑った。

それからしばらくの間、目を皿のようにして地面を見て回った。死骸も再び検めて見たが、目に付いたものは特になかった。

「どうだ、何かあったか」

焦れてきたらしい弁之助が、左馬介に声を掛けた。左馬介が顔を上げ、かぶりを振る。

「何もない、と言うより、何を見つければいいのかよくわからん」

無理もないか、と新九郎は嘆息した。殺しの調べのやり方なぞ、左馬介も弁之助も、知っていなくて当たり前だ。

「足跡の他、ここに本来ないようなものが落ちていないか、気を付けて下さい」

「本来ないようなもの？」

「下手人が落としていった物とか、ですよ」

ああ、と左馬介は意味を解したらしく、照れ笑いのようなものを浮かべた。

「じゃあ、こんなものは駄目だな」

左馬介は、右手を突き出して開いた。掌には、小指の先の半分くらいもない大きさの、黒くて丸い粒が二つばかり載っていた。様子に気付いた弁之助が覗き込み、怪訝《けげん》な顔をする。

「何だい、こりゃあ。何かの種みたいだが」

「うん、権萃《ゴンズイ》の種だ。青野の我が家の裏に何本も生えておったんで、儂は見慣れとるが」

ゴンズイ、と言われて、新九郎は訝《いぶか》しんだ。どんな木だったかな。聞いてみると、左馬介が説明してくれた。

「家の裏のものは、十五、六尺の高さだった。このくらいの粒がいっぱい集まったような白っぽい花が咲いて、それが今時分の季節になると赤い実になって、熟して落ちるとこういう黒い種が出てくる」

「ああ、あれか。俺の村にもあった」

弁之助も頷いた。それから周りを見て、首を傾げた。

「そう言えば、ここにはないな。楓《かえで》と、山桜《やまざくら》はあるが」

新九郎は、ちょっと見せてくれと左馬介から黒い種を渡してもらった。鼻に近付けると、微《かす》かに匂いがした。

「どこにありましたか」

そこだ、と左馬介は一番外側にある足軽の死骸の数歩先の、土の上を指した。

「そんなに詳しく見るようなものかね」

左馬介が笑った。珍しい種でもないのに、と不思議に思ったようだ。

「いや、こいつは大事なものかもしれませんよ」

左馬介が笑いを消した。

「どうして」

「見た通り、ゴンズイはここにはない。ずっと前からここに落ちてたようでもない」

言ってから新九郎は、足軽の草鞋《わらじ》を全て調べてみた。ゴンズイの種はくっついていなかった。

「どうやら、誰かの着物か草鞋にくっついて運ばれて来たのが、ここで落ちたらしいな」

鳥の仕業、と考えられなくもないが、それは偶然過ぎる気がした。弁之助の目が輝いた。

「なるほど。下手人の草鞋から、足軽を斬った時の動きのせいで落ちた、と考えられるわけだ」

「つまり、下手人は足軽を斬る前、ゴンズイの生えている場所に立ち寄っていたのか」

ここでようやく、左馬介にも呑み込めたらしい。

「しかし、珍しい木ではないぞ。この辺なら、幾らでもありそうな気がするが」

「わかってます。だから、取り敢えずこいつはしまっておきましょう」

新九郎は懐から紙の切れ端を見つけ出して、大事に種を包んだ。それを懐に収めなおすと、二人に告げた。

「ここはこれくらいでいいでしょう。何か見たか聞いたかした者がいないか、村を巡るとしましょうか」

新九郎は吾兵衛を呼んで、死骸を泊まっていた空家に運ぶよう言った。吾兵衛が承知して手伝いを呼びに行くと、新九郎は左馬介と弁之助を従えて、村の者への聞き込みに向かった。

五

一刻ほどかけて村を歩き回り、見かけた村の者に昨夜のことを尋ねてみた。が、どうもはかばかしくなかった。

新九郎たちは、話しかけるたびに皆から警戒の目を向けられた。さっきまで囚《とら》われの身だったのだから仕方がない。それでも、治右衛門から命じられているのか、聞けば一応は答えてくれた。生憎《あいにく》、誰も怪しい声や物音を、聞いていないという。夜のことで、皆家の中におり、外の様子はわからなかったようだ。念のため、昨日の昼間に何か見なかったかも聞いたが、誰もが新九郎たちを捕らえたことの方に気が向いており、その他のことには気付いていなかった。

「どうもあいつら、鬱陶《うっとう》しくていけねえ」

歩きながら弁之助が顔を顰め、後ろを指した。治右衛門と吾兵衛は、さすがに疲れたのか家に帰ったものの、与助と又三がずっとついて来ていた。納屋の張り番に立って以来、こやつらを見張るのは自分たちの役目、と気負っているかのようだ。

「辛抱《しんぼう》しろよ。邪魔さえしなきゃ、放っとくしかねえ」

新九郎が言ってやると、弁之助は苦い顔で舌打ちした。

村の中ほどにある家々とその畑にいた者には、ほぼ話を聞き終えた。少し離れたところにまだ何軒か家はあるそうだが、足軽の殺された場所からだいぶ離れているので、聞き込んでも無駄なように思えた。

代わりに新九郎は山に登ってみた。さっきは後回しにしたが、村の者に気配を覚られずに動くなら、下手人はやはり山を通ったはずだ。

斜面には道が付いているわけではないので、足を滑らせないよう気を付けながら、慎重に登った。青野城では、こういう斜面から滑り落ちることで江戸に戻ったのを思い出す。今ここで落ちたら、そこは神田明神の石段の下なのではないか……。

ふとそんな考えが浮かんだが、それはなかろうと思い直した。自分はここで、左馬介が関ケ原合戦で無事だったことを確かめた以外、まだ何も仕事をしていない。その仕事が何なのかわからないのだが、それを片付けない限り戻れはしまい。

「何か考えてんのかい」

弁之助が聞いた。慌てて「いや、別に」と応じる。

「そうかい。俺ァ、あそこがちょっと気になるんだが」

弁之助は、木々の間から十間（一間＝約一・八メートル）ほど先を指した。そちらを見ると、斜面が少し平らになっている。新九郎は下生えをかき分けてそこに行ってみた。

「ほう、これは」

新九郎は目を見張った。その場所は前に邪魔な木がなく、六、七丈《じょう》（一丈＝約三メートル）ほど下にある村の家々が一望できた。真ん中に、治右衛門の家と新九郎たちが閉じ込められた納屋の屋根が見える。村の様子をこっそり窺うには、もってこいの場所だ。

新九郎は腰を落とし、土の地面を探った。すると、すぐに足跡が四つばかり見つかった。いずれも同じ草鞋のようで、新しい。この一両日で付いたようだ。割合にくっきりした深い足跡なので、大柄な人物のものだろう。こっそり、と言うより堂々と立っていた、という具合に見える。恐らく、忍びではなく侍だ。

新九郎がそんな考えを述べると、弁之助も「なるほど」と顎を撫でた。新九郎は、少し離れたところでゴンズイの木を探しているらしい左馬介を、こちらに呼ぼうとした。が、急に弁之助が新九郎の腕を押さえた。

「うん？　どうした」

振り向くと、弁之助が声を潜めた。

「こいつは侍の足跡、と言ったな。足軽を斬った侍だと思うか」

「そりゃあ、そうだろう。他に何人も侍がうろついているとも思えん」

だろうな、と呟くように言ってから、弁之助が聞く。

「どこの侍だと思う」

「どこのって、今さら何だ。西軍の落武者か何かだろうが」

「そうじゃなく、西軍のどこの、ってんだよ。ひょっとして、宇喜多家じゃねえのか」

あっ、と思った。そうだ、弁之助は宇喜多秀家を捜しているのだった。もしや、秀家を守る近習《きんじゅう》たちが、足軽どもに気付かれてはと思い、直《ただ》ちに始末したのかも。弁之助はそう考えているわけだ。

「宇喜多秀家が、この近所に隠れていると思うのか」

弁之助は、意味ありげな笑みを浮かべた。

「あの湯上谷左馬介殿も、殿様と合流しようとする途中だったんじゃねえかな」

見当違いもいいところだ、と新九郎は困惑した。軍記物で読んだ記憶を辿れば、宇喜多秀家は今頃、ここからだいぶ西の伊吹《いぶき》山中で誰かに匿《かくま》われているはずだ。その後、薩摩《さつま》に逃れ、三年後に捕らわれて最後は八丈島《はちじょうじま》に流される。そこで生涯を終えるのだが、随分長生きだったらしい。この村には、足を踏み入れたことなど一度もあるまい。

「おいおい。左馬介殿は何も知らないと、お前も昨夜、得心してたじゃねえか」

「そう思ったんだが、上手く騙されたのかも」

まったく、と新九郎は呆れて首を振った。

「左馬介殿は、言っちゃなんだが、そんな器用なお人じゃねえよ。お前だってそのくらい、見てりゃわかるだろうが」

「そりゃあ……まあ、な」

弁之助は話すうちに自信がなくなったようだ。

「じゃあその、宇喜多の近習でなきゃ、何者だよ、この侍」

苛立《いらだ》ったように弁之助は足跡を指した。

「何を言ってやがる。だからそいつを探るんだろうが」

何べんも言わせるな、と新九郎が腹を立てると、弁之助は「済まん」と素直に引き下がった。新九郎は改めて、左馬介を呼ぼうとそちらを向いた。ところが、左馬介は反対の方を見ていた。何かあるのか、と訝っていると、左馬介がさっと振り返り、「誰か来る」と言った。新九郎は緊張した。もしや、あの侍が姿を現したのだろうか。

「この村の者らしいな。女だ」

左馬介が告げた。新九郎と弁之助は、ほっとして肩を落とした。

間もなく、女が姿を現した。白髪《しらが》交じりの、年嵩の女だ。歳は四十かそこらだろうが、だいぶ老けていた。背中に竹を編んだ籠《かご》を背負っている。籠の中には、山菜らしいのが半分ほど入っていた。

「何じゃ、お前らは」

女は左馬介に近付くと、挑むように言った。

「儂らは、足軽を殺した者を捜している。治右衛門殿から聞いてないか」

左馬介が答えると、ああ、と女は小馬鹿にしたように笑った。

「吾兵衛らに捕まった落武者じゃな。あんな奴にあっさり捕まるお前たちが、足軽を殺した奴らを捜せるのか」

もっともな言い分なので、新九郎は苦笑するしかなかった。

「あんたは山菜採りか。名は何という」

弁之助が聞いた。女は面倒臭そうに「多代《たよ》じゃ」と返した。

「いつもここを通るのか」

「わしはずっとここで草を採っとる。わしの山も同然じゃ」

勝手を全て知っているので、道もないのに好きに歩き回れるわけか。これは好都合かも、と思い、新九郎は尋ねてみた。

「あんたは、ここに入ってくる者やここで起きたことを、全部見てるんじゃないのか」

多代の目が光ったような気がした。

「わしは何でも見とる。いいことも悪いことも、見られたくないことも、な」

思わせぶりな言い方だ。やはりな、と新九郎は思った。江戸の長屋にも、こういう婆さんはよくいる。何も見てないふりをして、実は何でも見ている。そうして好きに噂を流し、一人でほくそ笑む。いわゆる、金棒《かなぼう》引《ひ》きだ。

「じゃあ、昨日、ここに侍が来ていたのを見たか」

「さあ、どうだったかのう」

多代はすぐには答えず、新九郎の顔を窺っている。タダでは教えない、と言いたいのか。

「婆さんよ。知ってることがあるなら、おとなしく喋った方がいいぜ。治右衛門さんに、あんたが何か隠してる、怪しい、と言ってもいいんだが」

弁之助が言った。多代は怒ったような顔を向けた。弁之助は追い討ちをかける。

「東軍の足軽がじきに調べに来る。強面《こわもて》の足軽連中は、俺たちみたいに優しくはねえぞ」

威《おど》しが効いたようだ。多代は「ちっ」と舌打ちして、弁之助を一睨みしてから言った。

「侍が一人、ここから村を見下ろしていた。昨日の朝方、まだ早いうちじゃ」

合戦の翌朝か。新九郎が関ケ原に飛ばされたのと同じ頃だ。

「どんな奴だった。具足はどんな風だ」

「具足は着けておらなんだ。羽織を着とった。陣羽織《じんばおり》みたいな」

ほう、と左馬介が眉を上げた。

「陣羽織なら、侍大将格であろう。そんな者が一人で？」

「いや、身なりを変えるために、討ち死にした者から奪ったかもしれんぜ。落武者に違いないなら、具足を捨てたくらいだから、何だってやるだろう」

弁之助が言った。それもあり得るな、と新九郎も思った。

「紋は付いてなかったか」

「付いてたかもしれんが、日陰じゃし、遠くてよく見えんかった。見えても、わしなんぞには紋などわからん」

多代はむっとしたように答えた。

「顔は見えなかったか」

「笠を被《かぶ》っとったでな。後ろからしか見とらんし」

ただ、体は大きく見えた、とだけ多代は言った。それは足跡からの推測と同じだ。

「で、その侍、ここからどこへ行った」

多代は北の方を指した。

「急にあっちに消えおった。後は知らん」

おそらく、多代に見られているのを気配で気付き、姿を隠したのだろう。

「見たことは、それだけじゃ」

これで終《しま》い、とばかりに多代が言った。それきり、唇を引き結ぶ。もう喋る気はないと見た新九郎は、礼を言って多代を行かせた。多代は「ふん」と鼻を鳴らして去りかけたが、十歩ほど行くと足を止め、振り返りもせずに「まあ、せいぜい気張ることじゃな」と言って、けけけと笑った。そして間もなく、山の斜面を回り込んで消えた。

「何だいありゃ。底意地の悪そうな婆《ばば》ぁだ」

弁之助が顔を顰め、唾を吐いた。左馬介は、「えらい違いだ」と呟いた。何のことだ、と新九郎は訝ったが、すぐに気付いた。左馬介の妻となった奈津は、確か今年で三十九。あの多代に近い年だ。左馬介は、奈津と比べてつい、今の台詞《せりふ》が出たのだろう。何だか少し可笑《おか》しかった。

「侍はあっちに消えた、と言ったな」

左馬介が、多代の指した方角を顎《あご》で示した。

「捜してみるか」

新九郎は頷き、先に立って進みかけた。そこで思い付いて、斜面の下の方に大声で聞く。

「おうい、与助。そこにいるだろ。この先には、何があるんだ」

　はあ、と間の抜けた声がして、下生えの中から与助と又三が揃って顔を出した。別に隠れる必要もないのに、そこに身を潜めて新九郎たちを見張っていたのだ。もちろん、新九郎は承知の上だったが。

「何もありゃあしねえ。ただの、山ん中だ」

「多代の家はどっちだ」

　あそこのちょっと先だ、と与助が指したのは、侍が向かった方角とはちょうど反対だった。

「おい二人とも、ぼうっと見張ってても仕方ないだろ。こっちへ来て、手伝え」

　思いがけない話だったらしく、与助は又三と顔を見合わせた。そこで二人して小声で相談している様子だったが、やがて肚を決めたか、こちらに登ってきた。

「で、何をすりゃいいんで？」

　素直に聞いてくるので、新九郎は地面を指した。

「これと同じ足跡がこの先にないか、捜すんだ」

　又三が足跡を、まじまじと見つめてから言った。

「こりゃあ、あの足軽を斬った奴の足跡なんか」

「たぶん、そうだ。だから気合入れて捜せ」

下手人の足跡、と聞いて又三と与助もその気になったようだ。わかった、と言うと、新九郎たちと一緒になって北の方へ進み始めた。

五人がかりで捜すと、足跡はさらに十ほども見つかった。だが、半町も進まぬうちに下生えが濃くなり、それ以上は追えなくなった。先の方には、密生した木々しか見えない。その中に潜んでいるなら、簡単には見つからないだろう。しかも、あれだけの腕前だ。不意を衝《つ》かれたら、忽《たちま》ちやられてしまう。

新九郎は諦めて、撤収することにした。日はいつの間にか、山《やま》の端《は》にかかっていた。


治右衛門のところに戻ると、家に招じ入れられた。囚われの落武者より、少し格上げされたようだ。握り飯と汁も出たので、すっかり空腹だった新九郎たちは、有難く頂戴する。

「で、何がわかった」

人心地ついたところで、治右衛門が尋ねた。新九郎は多代が見た侍のことを話した。治右衛門は目を剝いた。

「そやつは、まだこの村の周りにいると思うか」

「普通なら、とうに逃げているだろうな」

そうか、と治右衛門は安堵の息を吐いた。が、新九郎は顔を引き締めて続けた。

「しかし逃げるなら、足軽が来たのを見てすぐに逃げればいい。敢えて足軽を皆殺しにした、というのはどうにも解せない」

「それは……見つかったからではないんか」

治右衛門が言うのに、新九郎はかぶりを振った。

「そもそも、見つかる前に逃げる機会は幾らでもあったはずだ。なぜ奴はこの村にとどまったのか。足軽を始末してでも居座りたい理由が、何かあるんだろう」

新九郎はじろりと、探るように治右衛門を見た。

「治右衛門殿、村長として何か心当たりはないか」

そんな、と治右衛門は怯《おび》えたように肩を震わせる。

「見ての通り、裕福とは言い難い村だ。西軍の侍に目を付けられる理由など、ありゃあせん」

「あんたが合戦の前から東軍に内通してたんで、それを恨んだ奴らが狙ってる、ってのはどうだい」

弁之助が言った。治右衛門は青ざめた。

「ば、馬鹿な。こんな小さな村一つ、東軍に通じていたからと言うて、何の意味がある」

そりゃそうだ、と新九郎は思った。西軍の二割に近い一万五千もの兵力を擁《よう》していた小早川秀秋と違って、この村一つがどうしようと合戦自体には何の影響もない。しかし治右衛門の顔色からすると、本当に東軍に便宜《べんぎ》を図ろうとしていたのかもしれない。

「ああ、わかってるって。戯言《ざれごと》だよ」

弁之助が笑うと、治右衛門はほっとしつつも、怒ったような目を向けた。

「しかし、本当に狙われる事情はないのか」

左馬介がなおも聞いたが、治右衛門は「何もない」と言うばかりだった。

寝る場所は、やはり納屋だった。さすがに夜具付きで家の中、とはいかないようだ。外には与助と又三に代わって、別の二人が見張り番に立っている。こっちは今のところ逃げようなどと思ってもいないのに、ご苦労なことだと新九郎は苦笑した。

「明日はどうする。あの侍を捜すのか」

弁之助が言った。暗いので表情は読めないが、何か不満そうだ。

「気に入らないのか」

「いや、そうでもないが、他にできることはないかと思ってさ」

例えば、侍の他に忍びがいるんだろ、と弁之助は問うてくる。

「ああ、殺しの具合からすると間違いねえと思う」

「そっちは追わなくてもいいのか」

「いや、追うべきなんだろうが、相手は忍びだ。俺たちに尻尾《しっぽ》を摑ませるとは思えねえ」

「追うだけ時が無駄、ってことか」

弁之助が口惜しそうに言った。

「まあな。しかし、忍びまで連れてあの侍が何をする気なのか、ってのが気がかりだ。本当は、そっちをまず突き止めたいんだが」

「何をする気なのか、ねえ」

弁之助は、左馬介の方に話しかけた。

「左馬介殿。あんたを助けに来た奴ってことはねえかい」

「儂を？　まさか」

左馬介が仰天《ぎょうてん》した声を出した。

「儂の禄は、たかだか二百五十石だぞ。しかも新参だ。腕の立つ者を助けに寄越《よこ》す理由など、あると思うか」

いや、俺は助けに来てるんだが、と新九郎は思ったものの、声には出さない。

「何か宇喜多家にとって、もの凄く大事な仕事をしていたとか、大事な秘密を握ってるとか。一番ありそうなのは、逃げた殿様の行方を知ってるってことだが……」

「そんなものありはせんし、知りもしない。お主もとっくに承知しておろうが」

怒るよりも困惑した声で、何度も聞くな、と左馬介は懸命に言った。

「うーん、そうだよなあ」

弁之助も、特に確信があったわけでもないらしい。思い付いたことを次々に口にしているだけか、と新九郎は見た。

「やめましょう。わからんのに四の五の言っても、堂々巡りだ。こういう時は、頭をすっきりさせるために寝るに限ります」

それは以前、新九郎の師匠だった臨時廻《りんじまわ》り同心に言われたことだ。下手の考え休むに似たり、というわけだ。新九郎がさっさと横になると、他の二人も倣《なら》った。

そうは言ったものの、静かになると様々な考えが渦巻《うずま》いて、なかなか眠れなかった。いったいあの侍は何者で、何がしたいのか。それは、自分がここへ飛ばされてきたことと関わりがあるのか。だとすると、左馬介の役割は。それに、上谷家の災いとなったあの脇差。この騒動で半ば忘れかけていたが、あれはどこに繋《つな》がるんだ……。

外が騒がしくなり、目覚めた。いつの間にか寝入っていたのだ。左馬介と弁之助も、もぞもぞと動く気配があった。やはり外の声に起こされたらしい。弁之助が大欠伸《おおあくび》をした。

外の声が、急に近付いて来た。治右衛門と吾兵衛の声もする。何事だと身を起こすと、戸が引き開けられた。朝日が差し込み、眩《まぶ》しさに目を瞬いた。

「騒がしいな。また何か……」

あったのか、と言い終える前に、吾兵衛が首を突っ込んで怒鳴った。

「た、大変じゃ。また人が殺されとる！」

何ッ、と新九郎は跳ね起きた。弁之助も目を見開き、左馬介は呆然としている。

「誰が殺された。今度も東軍の者か」

いや違う、と吾兵衛がぶんぶんと首を振り回す。それから、息切れしそうになりながら言った。

「村の者じゃ。多代っちゅう女じゃ」

六

新九郎たちは、治右衛門と吾兵衛の後に続いて駆け出した。中央の集落を抜け、南の方に出る。侍の足跡を見つけた山の裾を通り、右手の谷筋に回った。昨日、与助が多代の家はあちら、と指した方角に間違いない。

治右衛門の家から二町ほども来たかと思う山際に、家があった。思ったよりは大きな家だ。しかし手入れが行き届いているとは言えず、藁《わら》葺《ぶ》き屋根には草が生え、板壁には破れ目があった。

「亭主が生きとった頃は、まあまあ暮らしは悪うなかったんじゃが、多代一人になってからは畑仕事もままならんで、この具合じゃ」

子供もなく、初老の女一人では小さくした畑と山菜採りで何とか暮らすのが精一杯、というところか。だが、吾兵衛は少し違うことを言った。

「しわい女でなあ。小金を貯め込んどるっちゅうて、みんな噂しとった」

一人で金だけ貯めて使いもせず、どうする気だったんじゃか、と吾兵衛はぼやくように言った。味噌や油を買う時は徹底して値切り、油一滴こぼれるのにも文句を付けたという。村での評判は、推《お》して知るべしだな、と新九郎は思った。信用できる親族がおらず、金だけが頼りとなって性根《しょうね》が歪んだ者は、江戸でも大勢目にしている。

吾兵衛が半開きになっていた戸を開けた。治右衛門と新九郎たちが中に踏み込む。多代の死骸は、すぐに見つかった。土間にうつ伏せに倒れている。新九郎は振り返り、ついて来ていた村の衆に聞いた。

「死骸を見つけたのは、誰だ」

儂じゃ、と多代と同年輩の男が手を挙げた。新九郎はその男を手招きし、尋ねた。

「多代のところに、用があって来たのか」

「ああ。今日は朝から、奥《おく》の沢《ざわ》に山菜採りに行くて言われとったで」

男は死んだ多代の亭主の友達だったそうだ。奥の沢ではいい山菜が採れるが、場所によっては足場が悪く、一人では難しい。それで時々、多代に付き合わされていたのだ。

「朝早《はよ》うに来て、声を掛けても戸を叩いても返事がにゃあので、開けて入ったんじゃ。そしたら、この通りの有様で」

庄六《しょうろく》と名乗った男は、改めて多代の死骸を見て、怖気《おぞけ》を震った。

「死骸に触れたか」

いいや、と庄六は大きくかぶりを振る。

「すっかりたまげて、治右衛門様のところに走ったんじゃ。この家のもんには、何も手を付けとりゃせん」

新九郎は、わかったと言って死骸を調べ始めた。まず目に付くのは、首筋の痣《あざ》だ。紐《ひも》か何かで、首を絞められていた。だいぶ抗ったようで着物の裾が乱れているが、刀傷のようなものは一切なかった。

一通り検めて立ち上がると、弁之助が小声で言った。

「あの侍の仕業だと思うか」

いいや、と新九郎はすぐに否定した。

「一刀のもとに足軽を斬り捨てた奴が、年嵩の女一人片付けるのに紐で絞め殺すとは思えん」

この家は集落から離れているので、物音も悲鳴も聞かれることはなかったろう。それを聞くと、弁之助も得心したようだ。

「だよな。違う奴がやったのか。だとすると、忍びの方かな」

「忍びなら、鎧通《よろいどお》しとか苦無《くない》とかで、もっと簡単に殺せたろう。こいつは素人の手口だな」

素人と聞いて弁之助は考え込んだが、すぐに手を叩いた。

「そうだ。この婆さん、貯め込んでるって言ってたよな」

弁之助は吾兵衛と庄六の方を向いて、問いかけた。

「その金、どこにあるんだ」

知らねえ、と吾兵衛たちは当然のように言った。

「貯め込んでたとしても、俺たちに見せるわけがねえ」

そりゃそうだ、と新九郎は頷き、床下を見てみろと皆に告げた。それに応じて、吾兵衛たちが床に上がり、囲炉裏《いろり》の周りの床板を持ち上げ始めた。

「あ、確かに何か埋めとるぞ」

床下に筵《むしろ》が一枚、敷いてあり、それを取って見ると桶《おけ》の蓋のようなものが現れた。

「ははあ。甕《かめ》を埋め込んだな」

吾兵衛が声に出し、蓋を取った。思った通り、銭が詰まった甕であった。

「どれ、見せてみろ」

治右衛門が吾兵衛を押しのけるようにして身を屈《かが》め、手を突っ込んで甕から銭を摑みだした。金銀の輝きは見えない。うーんと治右衛門が唸った。

「ほとんど銭だけじゃな。全部合わせても、さほどの額にはなるまい」

暗に、人を殺すほどの値打ちはない、と言っているのだ。新九郎はこの時代の銭についてはさほど知らないが、五年前の伏見で銀の粒なども使ったし、小判も見たことがある。江戸で言う「びた銭《せん》」ばかりだ、ということは見て取れた。

これが江戸での殺しなら、と新九郎は考える。僅かの銭にも窮《きゅう》する者はいるから、こっそり銭を盗みに入ったところ、婆さんに見つかり、顔を見られたので殺した、というのは珍しくない話だろう。だがそれは、盗みは敲《たた》き、または重敲きの上入墨《いれずみ》、盗んだ額が十両を超えれば死罪という刑罰が定められ、きちんと執行されている江戸ならではだ。この時代の村では、盗みを見つかっても喧嘩程度で済むだろう。多代に見られたからといって口封じのために殺すとは、考え難い。

「やはり、例の侍に絡むことではないのか」

後ろから左馬介が囁いた。殺しとなると、それしかなかろう、と新九郎も思う。とすれば、侍の仲間がまだ他にも、村のどこかに潜んでいるのだろうか。

「治右衛門様、この銭、どうすりゃええ」

吾兵衛が聞いた。多代の死より、その方が気になるかのような言い方だ。

「後で儂の家に運んでくれ。どう使うかは考える」

子も親族もいないなら、村長の預かりとするわけか。まあ妥当《だとう》だな、と新九郎も思った。

「死骸は寺に運んでやれ」

治右衛門の言うのを聞いて、庄六が動いた。自分が一番付き合いが長く、死骸を見つけた縁もあるので、と考えたのだろう。人の好さそうな男だ。

「ちょっと待ってくれ。もう少し調べる」

新九郎は庄六を止め、左馬介と弁之助に目配せした。昨日と同様に周りを調べる、という合図だ。二人はすぐに察し、土間に膝をついた。ちょっと慣れてきたみたいだな、と新九郎は目を細める。これなら、岡っ引きの手伝いくらいはできるかもしれない。

土間は、家の外見に比べると、まだ掃除が為《な》されていた。と言っても、藁屑《わらくず》や枯れ草などが、隅っこに押し込まれただけ、という感じではあったが。

死骸の傍から始めて、順に周りに目を移していくと、「おやっ」と左馬介が声を上げた。新九郎と弁之助が、さっと目を向ける。

「どうした」

「これが落ちていた」

左馬介が掌を見せた。そこに載っているものには、間違いなく見覚えがあった。

「ゴンズイの種、か」

もう死骸を運び出しても良い、と告げてから、新九郎たちは家の裏に出た。下手人がどこから来て、どうやって家に入ったかを調べるためだ。

そう時はかからなかった。裏の引き戸が、外されていたのだ。地面を見ると、草鞋の足跡が土の上に残り、すぐ先の藪《やぶ》に続いていた。ちゃんと行き帰りの分が見分けられる。庄六も他の村の衆も、表から来ていたので、裏の足跡は下手人のものと見て間違いないだろう。

「曲者《くせもの》は二人だな」

新九郎は足跡を仔細に見て、断じた。

「裏にも表にも、ゴンズイの木はないな」

顔を上げて見回していた左馬介が言った。弁之助がしたり顔で頷く。

「決まりだな。あの侍と、その仲間の仕業だ」

「いや、ちょっと違うぞ」

新九郎は足跡を指して、よく見ろと言った。

「あっちの山で見つけた足跡より、少し小さい。それに、さして沈み込んでいない。あの侍よりは身が軽く、小柄な奴だ」

言われて足跡を覗き込んだ弁之助は、うーんと呻いた。

「あんたの言う通りだな。しかし、ゴンズイのことがある。侍本人は来てないにしても、下手人二人ともその仲間だってことは、言えるんじゃないのか」

それはそうだ、と新九郎は認めた。背筋を伸ばし、表の方に声を掛ける。

「吾兵衛、いるか。こっちに来てくれ」

唸るような返事が聞こえ、吾兵衛がのっそりと姿を見せた。

「何じゃい」

「この先には、誰か住んでるのか」

新九郎は足跡の向かっている藪を指して聞いた。住んでるぞ、と吾兵衛はすぐに答えた。

「三軒ある。一軒は喜助《きすけ》っちゅう奴の家で、おっ母《かあ》と嫁と倅の四人で住んどる。もう一軒は田次郎《たじろう》っちゅう奴で、嫁と倅と娘が一人ずつおる。喜助んとこのちょいと奥じゃ。そいから、街道近くの方に昌市《まさいち》っちゅうのが嫁と二人で住んどる」

いずれも、多代と同様に小さな畑と山菜採りで暮らしているという。畑は喜助のところが一番大きいそうだ。

「そっちへ行くなら、表の側に出ると、畦道《あぜみち》に通じとるぞ」

吾兵衛は手で指して教えてくれた。つまり下手人は、常の道を避けて裏から藪を通った、ということだ。新九郎は「わかった、ご苦労」と言って吾兵衛を下がらせた。

吾兵衛の姿が家の表に回って見えなくなると、弁之助が言った。

「今聞いた三軒の家の誰かがやったと思うか」

「これまで聞いた話じゃ、一応はそう疑った方がいいな」

左馬介はしきりに首を捻っている。

「同じ村の者が、どうしてそんなことをする」

「侍に雇われたのかも」

弁之助が言うと、左馬介はますますわからない、という顔になった。

「確かに多代は嫌われ者だったかもしれんが、百姓同士、雇われて殺したりするだろうか」

「そいつは、直に聞いてみりゃいいだろう」

新九郎は二人に言って、表の畦道に向かった。

喜助の家は、道を一町ほど行ったところで、多代の家と同じくらいの大きさだった。こちらは家族が多いからか、きちんと手入れされている。ちょうど畑に出ようとしていた喜助と女房を摑まえた。多代のことを告げると、二人とも仰天《ぎょうてん》した。まだ村中には伝わっていないようだ。

「そんなことが。いったい誰がやったんじゃろうか」

「治右衛門殿に言われて、それを調べてる。昨夜、何か見るか聞くかしなかったか」

新九郎は、足軽殺しとの関わりについては口にしなかった。喜助と女房は、当惑した顔を見合わせた。

「いや、何もなかった。多代さんとことは、一町くらい離れてるんでなあ」

「この辺でこの一両日に、一人で歩いている侍を見かけなかったか」

「合戦の落武者のことかね」

喜助はじろじろと新九郎たちを見ながら、言った。喜助にしてみれば、その侍と新九郎たちとの区別など、意味をなすまい。

「そいつは逃げずに、この辺に居座っているようなんだが」

それを聞いて、喜助はぽかんとした。

「そんな奴は、おりゃあせんで」

新九郎は喜助の目を見た。そわそわと目玉を動かす様子もなく、視線を逸《そ》らすでもない。ただ驚いている、そんな様子だ。

嘘はないな、と新九郎は思った。八丁堀同心を何年もやっていれば、嘘をついている奴は目を見ればだいたいわかる。筋金《すじがね》入りの玄人《くろうと》なら誤魔化しきる奴もいるが、この時代の村の衆には無理だろう。

「わかった。邪魔したな」

新九郎は喜助の肩を叩くと、踵《きびす》を返した。

喜助の家が見えなくなってから、弁之助が聞いた。

「あいつじゃない、とはっきりわかったのか」

「まあ、俺の勘を信じろよ」

新九郎はニヤリと笑いかけたが、弁之助は要領を得ない顔をしている。一方、左馬介の方は何も文句を挟まなかった。既に伏見で、新九郎の腕のほどを知っているからだろう。

少し歩くと、喜助のものより小ぶりな家が見えた。家の前に猫の額《ひたい》ほどの畑があり、そこで二十五、六と見える男が鍬を振るっていた。それが田次郎だろう。

新九郎たちは近寄って声を掛けた。

「えっ、多代さんが殺されたって。昨日は足軽が五人もやられたって、聞いたばっかりなのに」

田次郎も素直な驚きを見せた。

「せっかく合戦が終わって安心だと思うたのに。この村は焼けずに済んだが、災難はどういう格好で来るか、わからんなあ」

関ケ原の戦場にあった村は、合戦前にみんな逃げ出したが、村も田畑も滅茶苦茶《めちゃくちゃ》になったそうだ。ここは関ケ原からは何里か隔たっているので、逃げずに済んだのだが、どうも妙なことに巻き込まれたような感じだ。

何か見たり聞いたりは、との問いには、田次郎も喜助と同様の答えを返した。ここは喜助の家よりさらに多代の家から離れているので、当然と言えば当然だ。新九郎は答える田次郎の顔をじっと見つめたが、やはり嘘をついているような気配はなかった。

何も得ることなく、田次郎の家を出た。細い踏み分け道を少し下ると、三軒目の昌市の家がある。そこは田次郎の家と似たような造りだったが、屋根に葺《ふ》いた藁は幾分新しかった。

だが、新九郎たちの目を引いたのは、家ではなかった。戸口に向かいかけたところで左馬介が、はっとしたように足を止めた。その目は、屋根越しに裏手の方に向けられている。どうした、と聞く前に、左馬介は裏手を指差して囁いた。

「あれを見ろ」

指の先に、高さ十五尺ほどの木が何本か、生えていた。赤い実のようなものが付いている。新九郎はすぐに察して、囁き返した。

「ゴンズイか」

そうだ、と左馬介は答えた。

「まず確かめよう」

新九郎たちは、そっと裏手に回った。そこの地面には、熟して潰れた赤い実と、その中から出た黒い種らしいものが数え切れないほど、落ちていた。匂いも、はっきりわかった。あの黒い種の匂いに間違いない。

「ここだな」

三人は頷き合うと、表側に戻った。十間ほど先で、男と女が畑仕事をしている。昌市と女房だろう。見たところ、田次郎より二つ三つ年上のようだ。

「おい、昌市か」

新九郎が呼ばわると、二人はぎょっとしたように顔を上げた。

「あ、ああ、そうだが」

新九郎は二人の方に進み、表情がはっきりわかるところまで近付いた。

「昨夜、多代が殺された」

いきなり、ぶつけてみた。昌市の顔が引きつった。

「えっ、そ、そんな。誰がやったんじゃ」

微かな声の震えを、新九郎は聞き逃さなかった。女房の顔をちらりと見ると、凍り付いたようになっている。新九郎はにんまりした。嘘がつけない連中だ。

「心当たりはないか。昨夜、怪しい奴の姿など見なかったか」

「夜の暗い中、そんなもの見ねえ」

昌市はすぐ否定したが、喋り方が早過ぎた。

「あんたら、いったい誰なんだ」

やっとそれを聞くか。新九郎は薄笑いを浮かべ、やや居丈高に言った。

「治右衛門殿のところで世話になっている」

昌市は、驚きを浮かべた。

「落武者を捕まえたと聞いてたが……」

「俺たちが落武者に見えるか」

あ、いや、と昌市は一歩引く。わけがわからなくなった様子だ。よし、一つ仕掛けるか。

「お前、あいつから幾らもらった」

昌市が唖然とする。すかさず、続けた。

「あの侍だよ。金、もらってるだろ」

「も、もらってねえ。金なんかくれねえ」

うろたえながら、昌市は答えた。引っ掛かった、と新九郎は内心で手を叩いた。

昌市は「金はもらってない」と言ったが、「侍なんて知らない」とは言わなかったのだ。

「ようし、その侍について聞かせてもらおうか」

昌市の顔が、蒼白《そうはく》になった。江戸に出て早々に騙され、金を巻き上げられた田舎者みてえだな、と新九郎は苦笑した。


新九郎たちは昌市と女房を家に押し込め、三人で取り囲む形で座った。土間のところに、自身で綯《な》ったらしい縄が、何本かあった。その一本で、多代を絞め殺したに違いない。それを使って二人を縛ろうかと思ったが、すっかり怯えた様子を見て、今はやめにした。逃げる気力はなさそうだ。

「よし、その侍、どんな奴だ。年格好は」

有無を言わせぬ口調で、新九郎は迫った。

「そ、その、大柄で、結構年はいってたが……」

つっかえながら喋るので、言葉を変えて何度か聞き直す。どうやらそいつは、左馬介よりもだいぶ年上らしい。初老、或いはもっといっているのかもしれない。身なりは戦塵《せんじん》に汚れていたものの、だいぶ良かったという。やはり侍大将か、それに近い者であるようだ。

「家紋など、見なかったか」

「いいや、着物に紋とかはなかった」

西軍の武将とわからぬよう、紋がわかるものは始末したのだろう。顔はどんな風だ、と聞いてみたが、目付きが鋭かった、という以外は、漠然《ばくぜん》としていた。どうも立ち居振る舞いに気圧《けお》され、はっきり正面から見られなかったらしい。

「それで、そいつはここに何しに来た」

肝心な話に入った。昌市がびくっと肩を震わせる。

「はあ。この家を貸せ、っちゅうて」

「家を貸せ、だと？」

左馬介が、頓狂《とんきょう》な声を上げた。全く意外だったようだ。

「詳しく話せ」

新九郎が促すと、昌市は考え考えしながら、どうにか話をまとめた。その侍は、一昨日の夕方近くに突然現れたという。

「いきなり入って来て、ここには何人住んでるかって聞かれましたんで。そんで、俺と女房だけだって言うたら、村の者はここによく来るんか、って。こっちから出向くばっかりで、滅多《めった》に誰も寄らねえ、と言うたら、安心したみてえで」

侍は家をあちこち調べて、二、三日中にこの家を借りに来る、このことは誰にも言ってはならん、と脅すように告げた。そして借りに来たら、お前たちは山に入って静かにしていろ、自分が良いと言うまで家に戻ってはならん、と強く念を押した。

「家を借りて何をするかは、言わなかったのか」

「へえ、それは何にも。聞くな、ってぇ様子だったんで」

余計な詮索をすると命はない、と無言で脅されたわけか。

「ふうん。で、本当に金は出さなかったのか」

新九郎は重ねて聞いた。昌市の目が泳いだ。

「隠すと、ためにならねえぞ」

江戸の番屋で、何度も言い慣れた言葉で迫った。昌市はすぐに観念した。のっそり立つと、座っていたところの床板を持ち上げ、床下に手を突っ込んで土にまみれた麻袋を引っ張り出した。それを黙って、新九郎たちの前で広げて見せた。

「ほう、銀か。幾らくらいかな」

弁之助が言うと、昌市は「侍は銭五貫文《かんもん》ほどになるって言ってました」と答えた。

裕福とは言えそうにない村では、相当な大金だ。口止め料として支払うには、充分だ。同時に、殺しの理由としても充分、と言っていい。

多代殺しの裏が読めてきた、と思い、新九郎は鎌をかけた。

「それを多代に見られたんじゃ、そのままでは済まねえわなぁ」

昌市は、ぎょっとして目を剝いた。

「どうしておわかりになるんで」

新九郎は、何でもお見通しだぜ、とばかりにニヤリとしてみせた。昌市はすっかり畏縮《いしゅく》し、言葉遣いまで変わってきている。このまま、全部喋るだろう。

「見られて、分け前を寄越せとでも言われたか」

促すように言ってやると、昌市はがっくり肩を落とした。傍らの女房が、嗚咽《おえつ》を漏らし始めた。

「あの因業婆《いんごうばば》あ、侍がいなくなってから夜にやって来て、全部見た、って言いおった。金を貰ってるじゃろう、半分寄越さねえと村の衆に全部話すぞって。そんなことされたら、俺たちはあの侍に殺されちまう。そう思った」

やはりそういうことか。多代は山で侍を見かけて、怪しいと思い尾《つ》けたのだ。勝手知ったる山なので、気付かれずに尾けることもできたろう。侍があの山をうろついていたのは足跡から確かだが、北の方に行き、どこへ消えたか知らん、と言ったのは、昌市を強請《ゆす》ったのを新九郎たちに知られないための嘘だったわけだ。侍を見たのも朝ではなく、日が傾いてからだったに違いない。足軽殺しの場に落ちていたゴンズイの種は、侍がここに来た時、草鞋に挟まったもの、と断じて良かろう。

「素直に金を渡そうとは思わなかったのか」

昌市は俯いてかぶりを振る。

「金を渡しても、あいつが黙ってるとは限らねえ。侍を捜して、自分にも金をくれって言うかもしれねえ。そうなりゃ、やっぱり俺たちは殺される。あの婆あ、金に目がくらんで、自分も口を塞《ふさ》がれる、ってなことは考えねえんだ」

そういう奴だ、と昌市は吐き捨てた。

「で、侍はまだこの辺で見張ってるかもしれねえから、明日の晩、金を持って行くと言って、ひとまず帰らせた。そんで……女房とも話し合って……やっぱり、やるしかねえって……」

まさかこんなにあっさりばれちまうなんて、と昌市は呟いた。

「あの……俺たちはどうなるんで」

昌市がおずおずと尋ねた。人殺しをやって、どうなるもこうなるもあるか。そう思った新九郎は、「決まってるだろうが。番屋……」と言いかけて、慌てて口を閉じた。無論のこと、ここに番屋などないし、奉行所も代官所もない。いったい、どうすりゃいいんだ？

黙ってしまった新九郎に、左馬介が助け舟を出した。

「村のことは、村で始末するだろう。村長の治右衛門殿のところに連れていけばいいのでは」

ああ、それはそうだ。新九郎は咳払いして昌市に告げた。

「お前たちの仕置きは、治右衛門殿に任せる。これから連れて行くから、おとなしくしろ」

へえ、と昌市は素直に頭を下げた。女房の方は、ずっと泣いている。

左馬介が先に立ち、後ろに新九郎と弁之助が付く形で、昌市と女房を挟んで一列になった。さすがに好きに歩かせるわけにはいかず、昌市と女房は一本の縄で繋ぎ、後ろ手に縛った。縄の端は、新九郎が持っている。江戸ではこれが仕事だから、手慣れたものだった。

細い道を辿りながら、弁之助が話しかけてきた。

「あんた、大したもんだな。昌市自身も言ってたが、こんなにあっさり下手人を割り出して捕まえちまうなんて」

「いやまあ、大して難しい話じゃなかった。ちっとだけ物をよく見て、頭を働かせりゃいいだけのことだ」

謙遜《けんそん》のように言ったが、実際、単純な一件だった。江戸でも手慣れた連中は、殺しの証拠を隠そうといろんな手を使ってくる。それに比べたら、楽なものだ。

「だがなあ、まだ難しいところが残ってるぜ」

その言葉を聞いて、弁之助も渋面になった。

「あの侍か」

「ああ。奴を捕まえないと、足軽殺しが片付かねえ。奴が何を企《たくら》んでやがるのかも、気になるしな」

「それはまあ、そうだが」

弁之助は何か考えるように、腕組みした。

「何だよ。考えでもあるのか」

「うん……これで終いにする、って手もあるかな、と」

「終いにする？」

そういうことは考えていなかった新九郎は、驚いた。弁之助が続ける。

「この連中を治右衛門に引き渡しゃあ、多代殺しは片付く。足軽は例の侍が斬った、ってのは明らかだし、こいつらはその侍を見てる。東軍の連中が来ても、足軽たちがやられたのは村のせいじゃねえって、はっきり言えるだろう」

その上で、侍を追うのは東軍の連中に任せりゃいい、と弁之助は言った。

「そこそこ名のある侍らしいから、血眼《ちまなこ》になって捜すだろうさ。俺たちが出る幕でもない」

なるほど、一理ある。新九郎は迷った。自分たちは、充分に仕事をした。この二人を引き渡し、今、弁之助が言ったような話をすれば、治右衛門も否《いな》とは言うまい。俺たちみたいな雑魚《ざこ》より、あの侍の方が余程値打ちがありそうだ。そういう奴を捕らえるのに手を貸したとなれば、村にもそれなりの褒美が出るかもしれない。だったら、治右衛門はもう、俺たちに構わなくてもいいはずだ。

「いや……そうもいかねえ」

「え、どうして」

弁之助は、まさか反対されると思わなかったようだ。驚いた様子で新九郎の顔を見る。

「奴が何を企んでるのか、どうしても気になるんだよ」

「気になるって……俺たちには関わりが」

弁之助は呆れたように言いかけたが、急に顔つきを変え、「ははあ」と頷いて手を打った。

「読めたぞ。あんた、もっと上の手柄を狙ってるな」

「手柄？」

今度は新九郎が意外に思った。何のことだ。

「とぼけるなよ。知っての通り、石田治部を始め、西軍の大物はまだ捕まってないのが幾人もいる。俺が捜してた宇喜多以外にも、小耳《こ》に挟んだところじゃ、小西摂津守《にしせっつのかみ》（行長《ゆきなが》）もどっかに隠れてる。例の侍は、そういう大名の誰かの家来で、主君を逃がすか匿《かくま》う算段をしに、ここへ来た。そう睨んでるんじゃないのか」

「えっ……ああ」

新九郎は生返事をした。弁之助は訳知り顔で笑みを浮かべている。

「あの侍を捕まえて、大物の居場所なり今後の段取りなりを吐かせりゃ、たんまり褒美が出る。あんたが関東のどこの大名家の関わりの者か知らないが、そっちからもお褒めに与《あずか》れる。そこを狙ってるんだろ」

「おい、それってまさに、お前がやろうとしてたことじゃないのか」

「その通り。雇い主の違いくらいだ。だからわかるんだよ。同じ穴の狢《むじな》、ってわけだ」

ふん、と新九郎は鼻を鳴らし、そっぽを向いた。だが否定はしない。そう思わせておけばいい。

新九郎の胸の内は、違っていた。気にしているのは、左馬介のことであった。

(俺がわざわざこっちへ飛ばされてきた以上は、左馬介を救うためにまだしなければならないことがあるはずだ)

確かにここで手仕舞いにすれば、左馬介は落武者狩りから当面、逃れられる。だが、それでは足りないのではないか。ここで左馬介と別れても、また別の村で落武者狩りに遭うか、東軍に捕らえられるかもしれない。それに、左馬介は上谷左馬介として、徳川の御家人になるはずなのだ。そのためには、関ケ原で何らかの働きをして、徳川の目に留まらねばならない。少なくとも、上谷家に残る記録では、そう読めた。今のところ、左馬介にそんな働きはない。自分はその手助けもせねばならない、と新九郎は考えていた。

（待てよ）

歩きながら、新九郎は今の弁之助の話を、頭でもう一度繰り返してみた。逃げた西軍の大名を捕らえれば、大手柄、か。これは使える。

もし自分たちがそんな大物を見つけるか、或いは手掛かりを握っているであろうあの侍を捕らえるかして、それを左馬介の手柄とすれば、どうだ。うん、それならば徳川家の覚えもめでたくなるに違いない。その大物が宇喜多秀家でなければ、主筋《しゆうすじ》を裏切ったと謗《そし》られることもない。

よし、やはりあの侍を追わねば。新九郎ははっきりと決めた。

「おっ、その顔はやっぱり、俺が言った通りなんだな」

つい口元に笑みが浮かんだらしい。弁之助は満足したように笑い返した。

七

治右衛門の家が近付くと、田畑に出ていた村の衆が、縄に繋がれて歩かされる昌市と女房に気付き、一様に驚きの表情を浮かべた。そして互いに駆け寄り、こそこそと話を始めた。足軽殺しと多代殺しについて、それぞれ勝手に憶測を巡らせているのだろう。新九郎たちはそれを無視し、治右衛門の家へと入って行った。

「何と、この者らが多代を」

話を聞いた治右衛門は、呆然とした。我が村の内でこんなことが、と信じかねる様子だ。だが、新九郎が詳しく話をすると、治右衛門の顔に称賛が浮かんだ。

「これは何とも、お見事であった」

特に、弁之助が言った通り、謎の侍が足軽を殺したと証明できそうなので安堵したようだ。

「昌市たちは、どうされるおつもりか」

「納屋に閉じ込めるとしましょう。合戦の始末が落ち着いたら、ご領主様に申し上げ、裁いていただく」

どうやら新九郎たちは、今夜から納屋に寝なくても済みそうだ。

「それで、その侍じゃが、足軽に姿を見られたので殺したのですかな」

治右衛門の態度も、幾らか丁重になった。

「だろうな。ここまで東軍の足軽が来るとは、思っていなかったのかもしれん」

「邪魔されては困る、というわけですな。その侍、何をする気でしょうな」

弁之助は、さっき新九郎に話した通りの見方を治右衛門に告げた。治右衛門は

「なるほど」と唸った。

「主君を匿うか、逃がすか、ですか。確かにそれはありそうだ」

言ってから、治右衛門の表情はまた不安そうになった。

「そのために昌市の家を使おうと?」

その通り、と弁之助が言う。

「あの家は村外れで、村の者たちの目も届き難い。街道のすぐ近くなので、街道を逃れてきた者がすぐに隠れられる」

「しかし、ここは関ケ原よりだいぶ東です。西軍の大名なら、大方は西を目指すのでは」

「誰もがそう思うだろうから、一旦東へ出て目をくらます、というやり方もある」

「理に適《かな》っておりますな」

「件《くだん》の侍は昌市に多くの銀を渡した。それだけの値打ちがあることを為そうというわけだ」

「うーむ。しかし、そんなことをされてはこの村も、否応《いやおう》なしに巻き込まれます」

せっかく合戦の禍《わざわい》を逃れたのに、と治右衛門は肩を落とした。案ずるな、と弁之助は治右衛門の肩を叩いた。

「俺たちに任せろ。悪いようにはせん」

「あなた方が、その侍を捕らえてくれますので」

治右衛門の顔が明るくなった。が、左馬介の顔色は冴《さ》えない。

「奴は相当に腕が立つ。そんな者を相手にして、大丈夫か」

「何の。奴は一人だ。三人がかりなら、何とでもなるだろう」

弁之助は胸を張った。

「忍びがついているのではなかったか」

「そのようだが、ただ雇われただけの者なら、あの侍のために命は捨てまい」

どうかな、と左馬介は眉根を寄せた。

左馬介の気持ちは、新九郎にはわかった。左馬介は生きて帰りたいのだ、奈津のところに。だから一刻も早くここを逃れ、東軍の手が届かぬうちに伏見へ行きたい。そう焦っているのだろう。

いいから落ち着いてくれ、と新九郎は思った。ただ逃げているだけであれば、いつまで経っても西軍の落武者で、追われる身だ。間もなく東軍も雑魚は相手にしなくなるだろうが、牢人として身を潜めて生きねばならない。年齢から言って、左馬介と奈津には厳しいだろう。

（ここで言う通りにしてくれれば、必ず徳川に仕官させてやる）

そう言いたかったが、口には出せなかった。代わりに弁之助が、左馬介を励ました。

「首尾よく奴を捕まえたら、褒美にありつけるかもしれん。あんたもその方が、ただ逃げるより安心だろ」

左馬介は少し考える風だったが、弁之助が正しいと悟ったようだ。不承不承、という感じではあるが、首を縦に振った。そうこなくちゃ、と弁之助は左馬介の背中を叩いた。

「よし、そういうことで治右衛門殿、そろそろ俺の刀も返してくれるか」

弁之助が、当然とばかりに笑みを投げると、治右衛門は一瞬、ぎくっとした。が、さほど長くは迷わず、座を立って奥へ入り、弁之助と左馬介の刀を持って戻った。

「お返しします。その代わり、必ずあの侍を」

わかってる、と胸を叩くと、弁之助は刀を撫でるようにしてから腰に差した。

昌市と女房が納屋に閉じ込められるのを見届け、新九郎たちは治右衛門の家を出た。自分たちの姿を目にすると、畑仕事をしていた者は皆、手を止めた。囁き合う者もいる。この次にこいつらが何をする気か、と思案を巡らせているようだ。連中にとっては、自分たちは安寧《あんねい》を破る疫病神《やくびょうがみ》のように見えているのかもしれない、と新九郎は残念に思った。

「で、どこから捜そうか」

弁之助が聞いた。昌市を捕らえた手際を見たからか、大将は新九郎、と決めたようだ。

「まずはもう一度、山を調べる」

「だよな。他に隠れるところもないし」

弁之助はすぐ承知したが、左馬介が口を挟んだ。

「村の者をかき集めて、皆で山狩りをしたらどうだ。三人だけで捜すよりいいだろう」

新九郎は、駄目だと答えた。

「そんなことをしたら、奴は逃げちまいますよ。企みがばれたと知らせてやるようなもんです」

「或いは、もっと深くに潜むか。どうしても企みを成就《じょうじゅ》させたいなら、山狩りが終わるのを待つだろうな」

弁之助も言った。

「最悪、村人を皆殺しにすることだってあり得るんだ。いずれにせよ、山狩りは悪手《あくしゅ》だぜ、左馬介殿」

左馬介は溜息を吐き、二人の言う通りだと認めた。

「わかった。しかし、山と言っても広いが」

「昌市の家の周りから捜す。奴は昌市が裏切らないか、見張っていたでしょうからね」

弁之助は頷きかけたが、思い付いたように言った。

「それなら、俺たちが昌市を引っ立てたところも見てたんじゃないか。だったら、隠れ場所を変えるだろう」

「わかってる。だが、何か痕跡を残してるかもしれねえ。取り敢えずそいつを捜して、跡を辿る」

弁之助と左馬介は得心できたようで、わかったと言って、さっき通って来た道をまた歩き出した。

昌市の家に着いた。今度は家に入らず、周りを念入りに調べた。

「木の間から街道が見えるな」

左馬介が呟くように言った。街道は一丈（約三メートル）ほど下で、人の往来が見える。一昨日、新九郎と弁之助が街道を通った時より、明らかに往来する人が増えていた。合戦が終わったのを知り、商人たちも動き始めたのだろう。具足姿の東軍の兵が現れないかと気にしたが、その気配はなかった。

「大垣城《おおがき》は、どうなったかな」

左馬介が、ぽつんと言った。確か、関ケ原に出る前に西軍が本陣を置いていた城だ。

「あそこには、福原《ふくはら》左馬介《さまのすけ》殿が守将《しゅしょう》として籠っていたが」

新九郎はその武将を知らないが、同じ名前なので気になるようだ。

「どうかな。もう落ちたんじゃないのか」

弁之助はちょっと顔を顰め、あっさり言った。

「佐和山も、もう落ちたかもな」

新九郎は、また戦記物の記憶を辿った。そうだ、佐和山はちょうど今日、落城するはずだった。大垣城については覚えていないが、落ちるのは一両日のことではないか。

「こんな戦、やるべきじゃなかったのかもしれんな」

左馬介が、諦念《ていねん》が混じったような声で嘆息した。いや、そうじゃなかろう、と新九郎は思う。徳川か豊臣《とよとみ》か、どこかで決着を付けなければならなかった。それが済まねば、泰平の世は来ない。そして豊臣の手では、泰平を長続きさせることはできなかった。大坂《おおさか》冬の陣と夏の陣は、駄目押しのようなものだ。だがそんな感慨は、この先の世を知っている新九郎にしか、浮かばないことだろう。

新九郎は改めて中山道を見た。三、四日前まで雨続きだったせいか、一昨日はぬかるんでいた道も、今はだいぶましになっている。この時代なら、東山道《とうさんどう》と呼んだ方がいいだろうか。戦国の世でもこれだけ人が通るのだから、古《いにしえ》の頃よりの大事な街道だったに違いない。

そこでふと思った。そんな目立つところを、落ち延びようとする敗軍の将が通ったりするだろうか。商人や旅の僧に身をやつす、とも考えられなくはないが、戦国武将がそこまでするものか。どうも、江戸の感覚ではわかり難い。

「おい、足跡があるぞ」

弁之助の声がして、我に返った。裏手の方だ。行ってみると、弁之助の指すところに確かに足跡があった。ゴンズイの熟した赤い実が上を覆《おお》っているので、よく見ないと見落としてしまいそうだ。大きさと沈み込み具合から言って、あの侍のものに違いない。

「他にもないか。どっちへ向かっていそうだ」

弁之助は辺りに目を凝らし、さらに二つ、足跡を見つけた。

「どうも、西の方へ向いてるな」

新九郎は足跡が向かった、と思《おぼ》しき方へ目を向けた。低い山の連《つら》なりがあるだけで、何もなさそうだ。やや左、つまり南側は平地が広がり、田畑になっている。そのずっと先には、隣の村の家々が小さく見えた。隠れるとしたら、西から北にかけての山の中、か。

「行ってみようぜ」

新九郎は弁之助と左馬介に言って、繁みに踏み込んだ。

下生えをかき分け、踏みしだき、半刻ほど歩いてみた。だいぶ気を付けて見ているのだが、誰かが踏んだり枝を折ったりした痕跡は、なかなか見つからなかった。始末の悪いことに、地面は落ち葉に覆われ、音を立てずに歩くことは無理だった。もし侍が潜んでいたら、近付く前に気付かれてしまう。

「思ったより厄介だな」

弁之助が小声でぼやいた。左馬介は静かだが、本当にこっちで見つかるのか、と疑う目付きだ。やれやれ、と新九郎は溜息を吐《つ》く。絶対の自信なんて、あるわけがない。勘で駄目な時は、あり得る、という向きを一つずつ調べて潰していくのが、お調べの大事な胆《きも》なんだが。それをこの連中に言っても、始まらないか。

さらに四半刻《しはんとき》（約三十分）ほど経ったか、と思った時、弁之助がふいに足を止めた。何だ、と振り返ると、弁之助は指を立てて唇に当てた。静かにしろ、と言うのか。

新九郎も左馬介も、動きを止めた。そのまま、じっと待つ。何も聞こえないが、弁之助は気配を感じているようだ。驚いたことに、弁之助はほとんど自身の気配を消していた。

かさっ、と音がした。思わず身を竦める。何かが近付いてくる。人だろうか、獣だろうか。いや、こんなところに人が来るとは思えない。いるとすれば、あの侍しか……。

人影が、木々の向こうに見えた。ぎくりとして、全身が総毛立《そうけだ》つ。奴が現れたのか。

相手もこちらに気付いたようだ。びくっとした様子で木の陰に入った。こちらを窺っているらしい。弁之助に目配せした。弁之助が微かに頷き、刀の柄《つか》に手を置いた。新九郎も刀に手をやる。だが、斬り合いになればあの侍の方が上のはず。左馬介の方が新九郎よりは戦慣れしているが、あの侍より上か下かは、何とも言えない。弁之助に至っては、全くわからない。今は、息を殺して相手の動きを待つしかない。

相手が動いた。慎重に、ゆっくり近付いてくる。そこで気付いた。侍ではない。小柄で、農夫のように見える。山菜を採る村の者かと思った。だが、鎌も籠も持ってはいないようだ。

小声でも届きそうなところまで来た。相手の顔が見える。二十五、六と見える男だ。頬《ほっ》かむりをして、顔は薄汚れている。小袖も括《くく》り袴も、擦《す》り切れて泥が付いていた。村の衆ではない。遠くから来たように感じられる。何者だろう。

「おい」

ちょっと意外だったが、向こうの方から声を掛けてきた。そこで新九郎は閃いた。こいつの素性を探るなら、仲間のふりをするのが一番だ。

「遅かったな」

新九郎が言った。弁之助と左馬介はびっくりしたようだが、新九郎は軽く手を振って、余計なことは言うなと抑える。

「ああ、済まん」

効き目があった。相手の男は、それとわかるほど緊張を解き、新九郎の目の前に来た。

「雨もあって、手間取った。それで……」

言いかけて、男の眉が吊り上がった。新九郎たちが、自分の求める相手ではないと気付いたのだ。さっと身を翻《ひるがえ》す。だが、近寄り過ぎていた。新九郎が手を伸ばし、襟首を摑んだ。

男は懐に手を回した。得物《えもの》を取り出そうとしたようだが、弁之助の動きの方が早かった。男の腕を押さえると、あっという間に組み伏せた。新九郎は目を見張った。こいつ、思ったより腕が立つぞ。

男はなおも抗い、弁之助をはねのけて逃げようとした。が、その背中に左馬介がのしかかった。動けなくなった男は、諦めたらしく力を抜いた。

「さあて。お前、いったい何者だ。誰に会いに来た」

押さえつけられた男に向かって、新九郎は聞いた。男は顔を動かして新九郎を見たが、何も言わない。まあ、すぐ喋るとは期待していないが。

新九郎は懐から縄を取り出し、男を後ろ手に縛った。縄は、昌市の家から持って来たものだ。早速役に立った。

新九郎は左馬介と一緒に男の脇に手を入れて起こし、座らせた。男は黙ったまま、こちらを睨みつけて唇を噛んでいる。敵意、と言うより、自分のしくじりを呪っているように見えた。

まず男の懐を探ってみた。何もない。袖も括り袴の内側も、全部調べた。持ち物は路銀と干飯《ほしいい》の入った袋と、替えの草鞋くらいだ。長旅には軽装に過ぎるが、替えの草鞋を用意しているところを見ると、やはり近くから来たのではなさそうだった。

「書付か何か、縫い込んでいないかと思ったが」

左馬介が残念そうに言った。そう言えば、二十二年前に青野城に入ろうとした使者は、そんな風にして密書を運んでいたっけ。

「どう思う。こいつは例の侍に会おうとしてたんだろうか」

弁之助が男を顎で指しながら聞いた。「まあ、そうだろう」と新九郎は答える。どう見ても、普通の旅人や商人には見えない。街道ではなくこんな山を伝って来るのだから、真っ当な奴であるはずがない。

「何も持ってないってことは、言伝か」

弁之助は、力ずくで吐かせようか、と言った。新九郎は眉をひそめた。江戸の番屋でやくざ者を相手にするのとは、わけが違う。こいつが忍びとかなら、少々痛めつけても口を割るまい。

「じゃあ、どうすんだ」

弁之助は少し苛ついている。

「その辺の木に縛りつけておいて、餌にするというのはどうだ。あの侍にとって大事な奴なら、取り返しに出てくるんじゃないか」

「熊を捕まえようってんじゃや、ねえんだぞ」

新九郎は苦笑した。だが、あの侍が隠れてこの様子を見ている、ということは考えられる。いつまでもここにいるのは、良くないかもしれない。餌どころか、こいつに気を取られている隙に不意打ちを食らったら、こっちが危ない。

「取り敢えず、治右衛門のところに連れて行こう」

弁之助は不満そうな顔をしたが、新九郎に従い、男を引っ張って立たせた。

歩き出してからも、弁之助は油断なく周りに気を配っていた。それを見て、

「代わろう」と新九郎は男を繋いでいる縄を弁之助から引き取った。あの侍がこの近くに潜んでいるなら、周りの警戒を怠《おこた》ってはならないが、どうやらそれは弁之助の方が得意そうだ。一方、新九郎は罪人を引っ立てるのには慣れている。途中で暴れ出しても逃がさない、という自信はあった。

「なあ、新九郎」

左馬介が近寄って、声を掛けた。

「こいつは忍びだと思うか」

「さあ。その類いとは思いますが」

異論があるのか、と新九郎は左馬介を見た。左馬介は、周りに目を向けながら考え込んでいる。

「どうもな。忍びなら、これほど簡単には捕まえられなかったのではないか」

ふむ、それもそうか。新九郎は改めて、前を歩かせている男の背中を見た。確かに本職の忍びなら、こんな風に素人にしてやられることはないかも。

「忍びでなければ、何です」

「一応は忍びの心得がある、という程度の使い走りではないかな」

そうかもしれない。だが、左馬介は何が言いたいのだろう。

「だとすると、確実に大事な話が伝えられるようにするには、使者を幾人か送っているはずだ。それに、万一捕まって口を割ったとしても、知らぬ者がただ聞いただけでは意味がわからぬような言伝になっている、と思うのだが」

ほう、と新九郎は左馬介を見直した。鋭いとは言えない左馬介だが、戦国を何十年も生き抜いて得られた知恵は、泰平の世に生きる新九郎の及ぶところではないようだ。

「言われる通りかもしれませんな。他の使者がいるとすれば、例の侍は、もう既に言伝を受け取っているのでは？」

「まだかもしれんが、我々が他の使者を全て捜し出して捕らえるのは、さすがに無理だろう」

これは新九郎も認めるしかない。新九郎は周りを窺っている弁之助に目を向けた。気付いた弁之助は、小さくかぶりを振った。侍、あるいは他の使者の気配は、感じ取れないようだ。新九郎たちは不安を消せないまま、村の中へと下って行った。

# 八

捕らえた男を連れて入って行くと、治右衛門は目を丸くした。

「これはいったい、どうしたことで」

新九郎は手短に、この男があの侍への使者らしいことを話した。治右衛門の目は、さらに大きく見開かれた。

「ではやはり、あの侍はこの村で何かをやろうとしておるんですな」

どうも治右衛門は、侍の企み云々《うんぬん》については、思い過ごしではないかとの望みを抱いていたようだ。だがこれでもはや疑いない、と悟ったようで、大きく溜息を吐いた。

「納屋にもう一人客が増えることになるが、頼む」

「承知しました。しかし……」

治右衛門は心配げに眉をひそめた。あの侍が、こいつを取り返しに襲ってくるのでは、と恐れたようだ。それはあるまい、と新九郎は安心させるように言った。

「全く姿を現さないところを見ると、身を隠すのが第一、と心得ているようだ。わざわざ村の真ん中に出てくるような愚は犯すまい」

先ほどの左馬介の見方が正しければ、こいつは捨て駒にしていい奴だ。そんな奴のために、企みを危険に晒《さら》すことはまずなかろう。ただ、侍に付いている忍びがいるらしいことが気がかりではある。そいつなら、忍びの技を使って村の衆や新九郎たちを出し抜き、こいつを救うことができるかもしれない。ただし、それを言っても治右衛門を悩ませるだけなので、口には出さなかった。

弁之助が脇腹を突《つつ》いた。

「なあ、やっぱりこいつを叩いてみた方がいいぜ。左馬介殿が言ったことは、俺も正しいと思う。筋金入りの忍びでないなら、何か吐くんじゃゃねえか」

囁かれて新九郎は、少し考えた。痛めつけても、吐くのは嘘か方便かもしれない。だがそれでも、何かの手掛かりにはなるだろう。黙り込んだままよりは、ましだ。

いいだろう、と新九郎は小声で返し、治右衛門にしばらく奥に引っ込んでいてくれ、と頼んだ。治右衛門も拷問《ごうもん》を見せられるのは嫌なようで、すぐに言われた通りにした。

弁之助は土間に下り、手と足を縛られてそこに座らされている男の傍に寄った。

「知っていることを、喋れ」

正面から男の顔を覗き込み、低い声で言う。男は無言のまま、睨み返している。

「喋らねえか。ま、そうだろうな」

弁之助は凄味のある笑みを浮かべると、後ろに回って脇差を抜き、男の手を縛っている縄を切った。おや、何をするんだと新九郎は思ったが、弁之助は動こうとする男を押さえ、両肩を摑んで力をかけた。男がうっと呻き、両腕がだらりと下がった。新九郎はその様子を見て気付いた。肩の関節を外したのだ。

弁之助は、藁《わら》打《う》ちに使っているらしい木の台を引き寄せると、男の右手を摑んでその上に乗せた。それから、戸口近くに置かれていた鎌を取り上げた。刃の具合を確かめ、ニヤリとする。

「おい、俺が何をしようとしてるか、わかるか」

弁之助は男の右手を台の上に押さえつけて、言った。男の目に、怯えが表れた。

弁之助は鎌を持ち上げ、男に示した。

「この刃を見ろよ。刃こぼれがあるなあ。これで指を挽《ひ》いたら、さぞ痛えだろうなあ」

男の目が大きくなった。弁之助は男の右手を押さえつけている左手に力を入れ、自身の右手に握った鎌を近付け、男の小指に当てた。が、思い直したようで、親指に当て直した。

「俺が聞くことに、順に答えろ。答えなかったら、指を一本ずつ斬り落としていく。まず小指と思ったが、親指からだ。親指を失《な》くすと、小指よりだいぶきついぜ」

男の顔が青ざめ、暴れようとした。が、すかさず左馬介が両肩を押さえた。脱《だっ》臼《きゅう》した肩が痛んだか、男が呻き声を上げた。

「よし。お前、ここへ何しに来た」

男は口を閉じたままだ。が、顔は青ざめている。弁之助は親指に当てた鎌を押した。

「脇差ならすっぱり切れるんだがねえ。こんなことに使っちゃもったいねえし、たっぷり痛みを味わってもらいてえからなあ」

鎌が指に食い込み始め、血が流れだした。男が、悲鳴を上げた。

「ほらほら、早く言っちまえ。もうじき、骨が切れちまうぜ」

弁之助は、じわじわと力を入れて行った。鋸《のこぎり》のように刃を前後に動かす。骨を削ったらしく、男の悲鳴が一段と大きくなった。周りの家に聞こえないだろうか、と新九郎は要らぬ心配をした。

「ま、待て。俺は知らせを伝えに来ただけだ」

「ほう。誰に」

弁之助は手を止めない。男はまた悲鳴を上げ、先を言った。

「さ、侍だ。大柄で年嵩で、髪と髭は半白《はんぱく》だって聞いた」

「そいつの名前は」

「し、知らん。知らんでいい、と言われた」

「ほう、そうかい」

弁之助はさらに鎌を動かした。男は必死の形相《ぎょうそう》になる。

「本当だ！　本当に知らないんだ。俺みたいなのに、教える気はなかったんだ」

弁之助は、鎌を止めた。

「じゃあ、お前に指図したのは誰だ」

「雇われただけだ。木曾《きそ》の馬借《ばしゃく》の親方だ」

それは木曾の福島《ふくしま》で長く馬借をやっている顔役で、すばしこく忍びの真似事ができるこの男は、何度か仕事に雇われたことがあるらしい。男は気力が萎《な》えたらしく、全部喋り始めた。やっていたのは、忍びの下っ端のようなもので、商人や侍を尾《つ》けたり、近くの村の様子を探ったり、寄合《よりあい》の盗み聞きをしたり、といったところだった。今度のように、使者の役もやったことはあるという。

「よし。じゃあ、今度持って来た知らせってのは、何だ」

男は目を逸らせた。が、弁之助が再び鎌に力をかけると「待ってくれ！」と叫んだ。

「言付かったのは、十九日には来る、という一言だけだ」

何だ、と新九郎は訝しんだ。十九日と言えば、明日ではないか。

「誰が来るんだ」

「し、知らん！　本当だ」

「馬借の親方から、言われたのか」

「い、いや、親方のところに来ていた、別の男からだ。俺と同じような使者の役だったらしい」

「どこから来た奴だ」

「わからん。そいつが言うわけがないし、親方も言わなかった。聞こうとも思わなかった」

「本当か。何かもっと知ってるんじゃないのか。右手が使い物にならなくなるぜ」

弁之助が脅しをかけた。男は必死になって喚いた。

「本当だ。俺の知ってるのは、これで全部だ！　信じてくれ」

新九郎は半泣きになった男の顔をじっと見つめた。何度も罪人を扱った経験から言えば、この男、本当のことを喋っている。

新九郎は弁之助に、頷いて見せた。弁之助は意を解し、鎌を置いて男の頬を軽く叩いた。

「いいだろう。右手は残ったな」

男の体から力が抜け、土間に沈み込んだ。新九郎は治右衛門を呼んだ。

「治右衛門殿。こいつを手当てしてやってくれ」

奥から出て来た治右衛門は、男が親指を半ばまで切られているのを見て、ちょっと眉をひそめた。が、すぐに下働きを呼び、男の右手に布を巻かせた。きちんと縫わないと元には戻らないだろうが、少なくともまだ、指は繋がっている。

簡単な手当てが済んだのを見て、弁之助が男の後ろに回り、肩を摑んで「やっ」と力を入れた。外されていた関節を、はめ直してやったのだ。男は、うっと呻いてから大きく息を吐いた。腕が使えるようになったが、もう抗う気は失くしたらしい。おとなしく再び後ろ手に縛られた。

新九郎は土間から上がって囲炉裏の前に座り、一息ついている弁之助に言った。

「お前、結構容赦《ようしゃ》ねえな」

「何だい、人聞きの悪い」

弁之助は、ちゃんとあいつは喋ったじゃないか、と苦笑を返した。

「ああ、よくやった。しかし、あいつが喋らなかったら、指を全部切ったのか」

「無論、そのつもりだったが」

弁之助は頭を掻いた。

「鎌を親指に当ててた時の様子で、そこまでしなくてもこいつは喋る、と思ったんでね。躊躇《ためら》いなくやれたよ」

本当は躊躇いがあったのかな、と新九郎は思ったが、それを言っても意味はあるまい。

「おや左馬介殿、どうかしたか」

弁之助が、後ろで左馬介が何かしているのに気付き、振り返った。

「うん？　ああ、ちょっとこれをな」

左馬介は、手にしていたものを見せた。それは男が腰にぶら下げていた、替えの草鞋だった。

「その草鞋が何か？」

「いや、草鞋じゃない。こっちの方だ」

左馬介は、草鞋を括りつけていた紐を示した。

「こいつが気になってな」

それを聞いて、新九郎は紐に顔を近付けて仔細に見た。藁を撚《よ》り合わせた紐ではない。織物でできていた。見た目も良く、丈夫そうだ。

「見たことはあるが、どこにでもあるようなものでもないだろう」

左馬介は草鞋を縛ったままの紐を持ち上げ、男に尋ねた。

「おい、この紐はお前の家で作ったのか」

え、と男は顔を向け、何を聞くんだ、とぽかんとした表情を浮かべた。

「いや、親方のところで売ってるやつだ。綺麗で頑丈なんで、よく売れるらしい」

「お前の帯もか」

左馬介が指差したので、男は自分の帯に目を落とした。

「ああ。その紐を太くしたようなもんで、これも頑丈だから重宝《ちょうほう》する。やっぱり親方のところで買ったんだが」

「親方は、そういうものをどこから仕入れるんだ」

「え？　確か、上田《うえだ》の方だって聞いたが」

言ってから、ああそうだ、と男は思い出した風に言った。

「そう言えば、親方のところに知らせを持って来た奴も、これと同じような帯を巻いてたな」

「ほう、そうか」

左馬介は新九郎の方を向いた。何か言いたいことがあるようだ。同時に新九郎も思い付いた。この紐、江戸でも度々見ている。確か……。

新九郎は左馬介と弁之助に「奥へ」と目配せした。二人はすぐに立って、男を治右衛門に任せ、奥に入って板戸を閉めた。

「あの紐と帯だが」

板敷きに腰を下ろすなり、左馬介が言った。

「見たことがある。木曾の親方は、上田から仕入れていると言ったそうだな」

新九郎も頷いた。

「ええ。真田《さなだ》紐と真田帯、ですね」

「ほう。近頃はそういう呼び方をするのか」

左馬介は知らなかったようだ。しまった、と新九郎は思った。この呼び方は、この時代にはまだなかったのかも。仕方なく、「そのようです」と言っておく。

「おい、もしかして、使者の出どころは真田じゃねえかって言いたいのか」

弁之助が驚いたように言う。左馬介は「あり得るだろう」と額を撫でた。

「正直、紐と帯だけで決めつけはできん。木曾の親方のように、仕入れて売っているものはあちこちにいる。儂が目にして覚えていたくらいだ。きっと、都の方には数多く入っているだろう」

だが、と左馬介は続ける。

「木曾の福島の親方が仕入れを通じて、真田家の城下である上田と繋がりがあるなら、真田に頼まれた仕事をしている、とは充分に考えられる」

「それがしも、そう思います」

新九郎は得心したように言った。真田の今の当主は、真田昌幸《まさゆき》。太閤《たいこう》秀吉をして、「表裏比興《ひょうりひきょう》の者」と言わしめた人物だ。この「比興」は「卑怯《ひきょう》」ではなく、策謀を巡らす曲者、というぐらいの意味である。良くも悪くも、一目置かれていたのだ。今度の関ケ原合戦に際しては、昌幸と次男の信繁《のぶしげ》が西軍に、嫡男の信幸《のぶゆき》が東軍に付いた。二股をかけ、家の存続を図ったのである。結果、昌幸と信繁は追放されるが、信幸がいい働きをしたおかげで、徳川の世になっても信州松代《しんしゅうまつしろ》十万石の大名家として生き残った。だがまあそれは、後々の話だ。

「ふうん。確かにあの真田なら、何か企んでいてもおかしくないな」

弁之助も得心できたようだ。新九郎は日数を勘定しながら言った。

「しかしあの侍、この村へ来てから真田に繋ぎを取っていたんじゃ間に合わん。合戦の前からずっと、真田と通じてたんだろう」

「真田とそんなに深く繋がってるなら、やっぱり奴は結構大物なのかもな」

「とにかく奴は、真田とつるんでここで何かやろうとしている。それが何だかわからんが、真田はあいつに、明日、誰かが来ると知らせたかったわけだ」

では、それは誰なんだ。

「儂が思うに」

新九郎が問いかけを発する前に、左馬介が言った。

「石田治部殿が来るのを、待っているのではないか」

「西軍の大将を？」

弁之助が驚いた声を出した。が、すぐに「なるほど」と唸った。左馬介が続ける。

「石田治部なら、大掛かりなことをやって助け出す値打ちはある。真田が裏で仕掛けるなら、そのぐらいはやってもおかしくない」

「いや、しかし」

新九郎は首を傾げる。

「真田だけでは、石田治部を救ったところでどうにもならんでしょう」

そこで弁之助が口を挟む。

「そりゃあそうだ。しかし、治部を上杉《うえすぎ》や伊達《だて》のもとへ送れば、どうだ。もう一度仕切り直す旗頭《はたがしら》にはなるんじゃねえかな」

上杉景勝《かげかつ》と伊達政宗《まさむね》が組んで、石田三成を担ぎ、徳川に対抗するだと？　なかなか大胆な考えだ、と新九郎は思った。しかし、後の世を知っている新九郎からすれば、どうにも無理がある。

「そいつはどうかな。石田治部は、既に敗軍の将だ。西軍は、豊臣秀頼《ひでより》を担いで名分を立てたから、あれだけの大軍を集められたんだろ。石田と上杉と伊達が組んでも、味方する奴はもういまい」

うーんと弁之助は腕組みした。冷静に考えれば、新九郎の言う通りだと思ったのだろう。

それに、新九郎にはもう一つ、石田三成が来ることに賛同しかねる理由があった。新九郎は、三成がこの数日後、捕らえられることを知っている。場所は確か、伊吹山の山中。関ケ原の西だ。捕まる前に東へ数里のこの村へ来るとは、考えられない。

「じゃあやっぱり、初めの話に戻って宇喜多中納言様か」

弁之助が、左馬介の顔を見ながら言った。今度は左馬介が、うーんと腕組みする。

「我が殿が、か。だとすればあの侍は、我が味方。逆に手助けせねばならんが」

もっともな話だ。だが口にしたものの、どうも左馬介は頷けない様子だ。

「こう申しては何だが、正直、我が殿一人を助けても、真田に益《えき》はあるまい」

「だよなあ」

弁之助が嘆息する。

「軍勢を失った殿様ばかり集めても、役に立たねえわな」

却《かえ》って徳川から総攻めされる口実を与えるだけだ。智謀《ちぼう》の将《しょう》、真田昌幸ともあろうものが、そんな無見識《むけんしき》なことをするはずがない。

しばらく考えたものの、これはという答えは出てこなかった。思案投《しあんな》げ首《くび》になっていると、弁之助が苛立った様子で言った。

「こうして考え込んでても始まらん。日暮れまでまだ少しある。もういっぺん、侍を捜してみねえか」

確かにじっとしていても仕方がない。明日、何が起きるのかはわからないにしても、それまでにあいつを捕まえられるなら、そうしておきたかった。新九郎たちは、揃って立ち上がった。

治右衛門の家を出て、さっき使者の男を捕まえた方に向かった。使者があの辺をうろついていたのだから、侍があの方角にいる、との見込みは正しかったはずだ。もっと奥に行けば、何か痕跡が見つかるかもしれない。

三人は、使者に出会ったところを通り過ぎ、さらに奥へ分け入った。獣道が辛うじてあるだけで、誰かが踏み入ったとしても草はすぐ元に戻り、跡を追うのは難しかった。落ち葉のおかげで、足跡もなかなか見つからない。新しく枝が折れたところでもないか、と目を凝らしたが、そんな目立つ跡を残すほど間抜けではないだろう。

「俺たちの足音を聞きつけて、待ち構えてねえかな。当てもなく捜し回るより、その方が手っ取り早いんだが」

弁之助はそんなことを呟いた。こっちが斬られることは考えてないのか、と新九郎は少し呆れる。それを言おうとした時、弁之助が足を止めた。

「聞こえるか」

はっとして新九郎は、耳を澄ませた。微かに音がする。が、人の立てる音ではない。

「水音だ。川か何か、あるようだな」

左馬介が言った。新九郎も聞き分けた。

「うん、小川のようだ。人には水が必要だからな。身を隠すにしても、水の得られるところを選ぶだろう」

行ってみよう、と新九郎は二人を促した。

すぐに小さな谷筋を見つけ、下りてみた。その底に、幅二尺ほどの急な流れがあった。弁之助は上流を指した。

「あっちに上がって見ようぜ」

言うなり、川辺の岩を伝って進み始めた。濡れているので、滑らないよう充分に気を付ける。水音のおかげでこちらの音は聞こえないだろうが、相手が近付く音も聞こえないわけで、それは少し不安だった。

「おい、見ろよ」

ほんの三十間《けん》(一間＝約一・八メートル)行ったところで、弁之助が目を輝かせて川べりの地面を指した。そこは湿った土がむき出しになった、畳一畳くらいの平らな場所だった。見ると、木の燃えがらがある。ここで火を使ったのだ。傍らには、腰掛けるのにちょうどいい石もあった。

「ここで夜を過ごしたようだな。足跡も残ってるぜ」

土の上には、草鞋の跡がくっきり付いていた。新九郎は顔を近付け、仔細に眺めた。

「三人だな」

新九郎は指で足跡を叩いた。

「うち一人は、北側からここへ来てる。後の二人は、村の方から来ているが、どうも三人集まってからまた村の方に向かったようだ。一人は足跡の深さから見て、例の侍に間違いない」

「ほう、足跡だけでそれがわかるのか」

左馬介が、感心した様子を見せた。こういう仕事は、八丁堀同心の得意技だ。

「村の方から来たもう一人、ってのは例の忍びだな。北からの者、というのは」

「捕まえた奴とは別の、使者でしょう。左馬介殿が看破した通り、他にも使者がいたんです」

それでは、と左馬介は眉根を寄せる。

「言伝は、あの侍に届いたということだな。で、今は侍と一緒にいる、と」

「でしょうね。だから奴らは、明日必ず動く。それに備えて、村の近くへ移ったに違いない」

新九郎が言うと、それじゃあ、と弁之助が応じる。

「もう日が沈むぜ。すぐに村へ戻ろう」

わかった、と新九郎と左馬介も腰を上げた。

治右衛門の家に戻った時には、日は山の端に沈んでいた。残照の中、新九郎たちは納屋の前にまた見張りに立っている与助に、ご苦労と手を振って、母屋《おもや》に入った。

「侍は、見つかりませなんだか」

治右衛門は残念そうに、と言うより、諦め顔で言った。この村にさえ禍が及ばねば、もうどうでもいい、と考え始めているようだ。

「なあ、治右衛門殿」

左馬介が、疲れた顔で言った。

「儂がこう言うのも妙なものだが、そろそろ東軍の陣に知らせて、侍を追う兵を寄越してもらってはどうだ。今さらながら、儂ら三人だけでは、奴を捕まえられそうにない」

左馬介は、自分がどこに属しているのか、もう定かではなくなっているようだ。

「おい、そう言えば、あの足軽たちが戻らないのに、捜しに来た連中はいないのか」

新九郎が問うた。治右衛門は「おりません」と答えた。え、何故、と不審に思った新九郎が聞きかけると、左馬介が言った。

「落武者狩りに出た足軽が、余禄を求めて討死した者の刀や槍を捜し回ることは、よくあるからな。戻るのが遅れても、さほど気にはされまい」

それでも、三日も四日もとなれば、怪しんで捜させるだろうが、とも左馬介は付け加えた。足軽が殺されたとわかったのは、昨日の朝だ。まだ猶予はある、ということか。

「あの足軽、我々を捕らえた時に、治右衛門殿が呼んだのではなかったか」

「はあ、その通りですが」

「殺されたことは、東軍に知らせていないのだな」

村の者に疑いがかかるのを恐れていたから、頬かむりしていたはず、と思ったのだが、治右衛門は居心地悪そうに身じろぎした。

「何だ、もう知らせたのか」

左馬介が顔を顰めた。治右衛門は、言い訳するように答えた。

「いや、あの侍の仕業に違いない、とわかってから、これは早めに知らせた方がと思い、村の者を走らせたのです。黙っていて、申し訳ない」

いきなり足軽共に踏み込まれたら、新九郎たちも落武者として捕らえられてしまうではないか。裏切られたような気がして、新九郎は治右衛門を睨んだ。治右衛門は肩をすぼめた。村長としては村を救うのが一番、余所者《よそもの》の命など二の次、ということか。

「ですがその、知らせに行ったところ、既に陣払いされていまして、誰も」

「何？　それでは、知らせは届いていないのか」

左様です、と治右衛門は俯きがちに応じた。治右衛門たちが最初、新九郎たちを捕らえたと告げに行ったのは、徳川の後詰《ごづめ》の陣だったようだ。それが今は陣払いしていなくなっている、ということは、西軍を掃討《そうとう》するため、西へ向かったのだ。三成の佐和山城はもう落城したはずだから、今頃は近江路だろうか。戻って来ない足軽五人になど、かまけている暇はないかもしれない。

「あの侍、東軍が根こそぎ西に向かって、この辺が空っぽになることを見越していたのかな」

弁之助が思案顔で言った。だろうな、と新九郎も思う。

「ふーむ。だが、そうするとだ」

弁之助はまだ何か考えている。

「真田はともかくとして、この先の木曾路は今頃、東軍に味方する領主ばかりになってるんだろうな。徳川内府にとっちゃ、もう後顧《こうこ》の憂いなんかないわけだ。そんな中で、あの侍、誰かを助けたとしてもどうやってここから動く。前に言ったような上杉の領地までなんか、とても行けねえって気がしてきた」

もっともだ、と左馬介も同意した。

「あの侍が誰かを助ける気だ、という考えから、離れた方がいいのかもしれん」

ふうむ、と弁之助は首を傾げる。

「じゃあ、明日来るってのは？」

「うむ……誰かを助けるのではなく、自分のために何かしようとしているのかもな」

左馬介は、侍は自分が逃れる手引きをする者を待っているのでは、と考えたようだ。だが、新九郎は何かが引っ掛かった。足軽どもをあっという間に倒した腕の男だ。しかも、忍びを連れている。逃れるとか、そういうことではなく、寧《むし》ろ何か仕掛けようとしているのではないか。そんな風に思えた。

だが、仕掛けるとしたら何だろう。東軍の将兵は、この辺にはもういない。仕掛ける相手は、とっくに近江へ……。

いきなり、頭を殴られたような感じがした。足軽を始末しても、なお身を潜めている腕の立つ侍と忍び。中山道の傍の家を借りようとした。真田からの使者が来た。そして、明日には……。

「大変だ」

新九郎は弾かれたように飛び上がった。左馬介と弁之助、治右衛門が、驚いて身を引いた。

「な、何だよ。どうしたんだよ」

弁之助が問うのには答えず、新九郎は噛みつくような勢いで治右衛門に言った。

「治右衛門殿。すぐ村の衆を集めて、山狩りをしてくれ。あの侍をいぶり出すんだ」

治右衛門は目を剥いた。

「えっ、しかしもう暗く……」

「ありったけの松明《たいまつ》を持たせろ」

「油代は高いんですぞ。ありったけって……」

「村がどうなってもいいのか！　何が何でも朝までにあの侍を見つけ出さないと、えらいことになる」

鬼気迫る勢いで言ったので、治右衛門は「わ、わかりました」と大慌てで外に飛び出した。左馬介と弁之助は、啞然として新九郎を見ている。

「いったいどうしたってんだ。山狩りは悪手だって、昼間に言ったじゃないか」

「そんなことを言ってる場合じゃなくなった。どんな手を使っても、奴を止めねえと」

「止めるって、何を」

弁之助は、目を瞬いている。新九郎は大きく息を吸ってから、言った。

「今、中山道を進んで来る連中がいる。明日にはここを通るだろう」

「進んで来る連中って……」

言いかけて、弁之助と左馬介は、同時に「あっ」と叫んだ。

「徳川勢……」

「そうだ。徳川本隊の三万数千が、中山道を行軍《こうぐん》中なんだ。聞いた話じゃ、真田攻めに手間取って、関ケ原に行くのが遅れてるとか……」

「しかし新九郎、どうしてそれを。徳川本隊が明日、ここを通ると知っているのか」

左馬介が驚きも露《あら》わに聞いた。新九郎の頭には、軍記物で読んだ記憶が次々に甦ってきていた。本隊がいつ真田攻めを諦めてこちらに向かったのか、誰が本軍を率いているのかも。

「遅れた本隊は急いでいるはずだ。今日までに通ってなきゃ、明日には絶対通る。真田の手の者が、それを確かめてあの侍に知らせたんだ」

「いや、しかし、侍一人で三万を相手に、何ができると」

「一人でもできることはある」

それを聞いて、弁之助も目を見開いた。

「まさか」

「その、まさかだ」

新九郎は拳を握りしめて、西の山の方を睨んだ。

「奴は、徳川本隊総大将、江戸中納言秀忠《ひでただ》公を闇討ちするつもりだ」

九

治右衛門が触れ回り、村の衆たちが集まって来た。その数、ざっと四十人。女子供と年寄りを除くと、頼れそうな者はこれだけだという。治右衛門の下働きが松明を用意し、次々に手渡していく。松明は十五本ほどしか用意できなかったので、三人ずつ組になって一人が松明を持った。治右衛門と左馬介も、一本ずつ持っている。

「ようし、村の衆。これから山へ入る。昌市の家の裏からだ。徐々に広がり、大きな音を立て、声を上げろ」

　おう、と村の衆が返事した。侍を捜す、ということは一応皆、わかっているが、相手がどういう奴で何を企んでいるかなどは、もちろん知らない。下手に取り押さえようとして斬られては大変なので、捕まえろ、とは言わなかった。

「いいのか。大声で煽《あお》ったら、奴は逃げちまうが」

　弁之助が囁いた。構わん、と新九郎は言う。

「徳川本隊が通り過ぎるまで、奴を邪魔できればいい。闇討ちをさせないことが大事だ」

　なるほど、わかったと弁之助は頷き、先頭に立って歩き始めた。すぐ後に、新九郎と左馬介、治右衛門が続いた。その後ろには、間を空けて松明が一列に連なっている。山にいる侍には、これが見えているだろうか。企みを見抜かれたと悟り、逃げてくれればいいのだが。

　四十人は、順に山へと分け入った。棒で木の幹を叩き、「やい、出て来い」とか「隠れてんじゃねえ、わかってるからな」などと怒鳴る。これなら、山の獣も驚いて巣に逃げ込むだろう。

一刻、二刻と過ぎた。扇状に広がった松明が、そこここに見て取れる。相変わらず声は上がっているが、「見つけたぞ！」とか「あいつだ！」とかいう声は聞こえない。そのうちに、声が小さくなり、まばらになってきた。皆、疲れ始めたのだ。

治右衛門が新九郎に近寄って来て、言った。

「このまま、朝まで続けるのですか」

「そうするしかねえ」

治右衛門がうんざりした顔になる。

「皆、くたびれております。この方角で、合っているのでしょうな」

「ああ、間違ってねえ」

とは言ったものの、確実とは言えない。昨日こっちにいたのは確かだが、山狩りに気付いて大きく回り込んだかもしれないのだ。だが、それを言い出すときりがない。

とうとう、空が白み始めた。新九郎たちは、おそらく四町《ちょう》ほども山に入り込んでいる。これ以上奥へ行っても、仕方がないだろう。秀忠公を待ち構えるなら、奴はもっと街道近くに出ているはずだ。

村へ戻る、と新九郎は告げた。治右衛門は、やれやれとはっきりわかるほどの溜息を吐いた。

「戻ってから、どうします」

治右衛門が聞いた。新九郎は、軍勢が通り過ぎるまでは畑仕事をやめ、村の周りを固めるように言った。

「それから、物見《ものみ》を出してくれ。軍勢が街道に現れたら、すぐ知らせに戻るよう命じてほしい」

治右衛門は承知しましたと言って、吾兵衛を呼んだ。その場で、物見のことを話す。

「儂の家の馬を使っていい。すぐに行ってくれ」

「へい、わかりました」

吾兵衛は山狩りよりましだと張り切ったか、すぐに山を駆け下りて行った。それを目で追いながら、弁之助が聞いた。

「後はどうする」

「待つしかないな」

間もなく、昌市の家が見えてきた。新九郎は一休みするため、家に入った。

家は、昨日のままだった。土間に作りかけの縄があり、水瓶《みずがめ》の蓋も開いたままだ。あの夫婦がここへ戻ることは、おそらくあるまい。

中山道の側に窓があったので、板戸を開けてみた。木々の間を通して、うっすら明るくなってきた街道が見える。

「ここだと、鉄砲で狙うには格好だな」

後ろから弁之助が言った。

「ああ。大金を出してここを借りようとしたのは、まさにそうするつもりだったんだろう」

新九郎は頷きつつ、そうですよね、と左馬介の方を向いた。そして、おや、と思った。左馬介は、どうも浮かない顔をしている。

「おや、どうしました。疲れましたか」

「うん？　ああ、確かに疲れたが」

左馬介は、薄い笑みを見せた。だが、疲れとは違うようだ。

「何か気になることでも？」

聞いてみると、「うむ、まあ……」と左馬介は言葉を濁す。新九郎は少し黙って、待った。

やがて左馬介が、ぼそぼそと言った。

「何と言うか……あの侍は、西軍の武将として、敗れはしたものの、東軍に一矢《いっし》報いようとしているわけ、だな」

「はあ……そういうことでしょうな」

「今さらだが、儂も宇喜多家の侍だ。その思い、よくわかる」

左馬介は、俯いて目を逸らせた。

「ここで儂がその思いを潰して、果たして良いものかどうか……」

「おいおい、何言ってんだい」

弁之助が目を怒らせた。

「まさか、あっちに与《くみ》するってんじゃないだろうな」

そうではない、と左馬介は慌てて言った。

「しかし……このままでは、主家を裏切るような心地がしてな」

何をまた、と言いかける弁之助を、新九郎は手で制した。一歩踏み出し、「左馬介殿」と声を掛ける。

「忠義のお気持ち、無論わからなくはないですよ。しかし、西軍はもう負けたんです。しかも、西軍全部のうち三割近くが寝返っちまったんだ。こんなんじゃ、最初《はな》から勝てるわけがない」

「だから裏切ってもいいと？」

左馬介は眉をひそめた。違う違う、と新九郎はかぶりを振る。

「裏切るも何も、宇喜多家はもうなくなっちまったんです。貴殿は既に牢人だ。だから、自分が一番大事だと思うことをやればいい。そこもとにとって、一番大事なことは何です」

「一番大事な？」

左馬介は訝し気に新九郎を見た。そこに新九郎は、力をこめて畳みかけた。

「奈津様のところへ、帰ることじゃないんですか」

あっ、と左馬介が呻き、息を呑む気配がした。

「そ、そうだ。奈津と、我が子のもとへ……それで儂は、大回りしても東軍を避けて伏見に帰ろうと、ここまで来たのだった……」

なあんだ、と弁之助が笑った。

「惚れた女房と子供のところへ帰ろう、ってか。あんた、充分に真っ当じゃねえか」

新九郎は弁之助に、黙ってろと手を振り、さらに続けた。

「だが、こんなことに巻き込まれちまった。こうなれば、貴殿が生きて帰る道は一つです」

「それは……」

「江戸中納言様を救い、徳川に恩を売ることです」

それで命が助かるばかりか、あわよくば徳川に仕官できるかもしれない。そう言ってやると、左馬介は目から鱗《うろこ》が落ちたような顔になった。

「そ、そうか。この儂が、徳川に恩を売るか」

左馬介は、笑い出した。

「宇喜多の臣であったこの儂が、な」

そうですよ、と新九郎は左馬介の肩を叩く。

「時代は変わるんだ。時の流れを読み違えちゃ、いけません」

言いながら新九郎は、自分も悟っていた。これだ。左馬介にこれをやらせ、無事に徳川の御家人として生き延びさせる。そのために自分は、ここに来たのだ。まったくどこの神様の仕業か知らねえが、とんでもなく七面倒臭いことをさせやがるぜ……。

街道を、蹄《ひづめ》の音が近付いて来た。はっとして、弁之助が窓から顔を突き出す。馬に跨《また》がった吾兵衛が、まっしぐらに駆けていた。弁之助が振り返り、拳を出した。

「どうやら、来たようだぜ」

新九郎は頷き、左馬介を見た。左馬介も、迷いが吹っ切れたように力強く頷いた。

吾兵衛は窓から顔を出す弁之助に気付いたようで、慌てて馬を止めた。すぐ馬首を巡らせ、家の下に来ると大声で告げる。

「軍勢が来るぞぉー。もうじきだぁ」

言い方からすると、四半刻もせぬうちに来るようだ。

「大軍か」

確かめるように弁之助が聞いた。すると、吾兵衛は、いやいやと首を何度も振った。

「ほんの三、四十じゃ。馬ばかりで、徒士《かち》はおらん」

たった三、四十騎だと？　新九郎は弁之助の後ろから身を乗り出し、声を上げた。

「その中に、大将らしいのはいるか」

「ああ、おったぞ。立派な鎧武者《よろいむしゃ》じゃ」

吾兵衛が答える。弁之助が「わかった」と応じ、治右衛門たち村の衆にも知らせろと命じた。吾兵衛はすぐさま、馬の腹を蹴って「はいやァ」と駆け出した。

「これは何だろう。先駆けの隊だろうか」

新九郎は左馬介に聞いた。左馬介は首を傾げていたが、「いや」とかぶりを振った。

「そなたが言うように関ケ原に遅参《ちさん》しておるなら、中納言殿はだいぶ焦っておるはずじゃ。何かの思惑で、遅参が予定されていたということであれば別だが」

「焦っているとしたら、本軍を置き去りに自分だけ急いでいる、と？」

新九郎は驚いて聞き返す。左馬介は「かもしれぬ」と言った。

「三万もの軍勢が揃って進めば、どうしても時がかかる。中納言殿は律儀なお方と聞く。遅参を恥じ、一刻も早う内府殿の元へ馳せ参じようとしておるのではないか」

「何てこった」

新九郎は歯噛みした。本来の陣立てで行軍しているなら、秀忠公の周りは何百という旗本近習で固められているはずだ。だが、焦って飛び出し、三十騎余りの馬廻《うままわ》りしかいなければ、周りはがら空きだ。襲う側からすれば、おあつらえ向きと言うしかない。

「奴はこの近くで待ち構えているはずだ。急げ！」

新九郎は二人に叫ぶと、昌市の家を飛び出した。

藪に走り込んで街道沿いに進みかけると、追いついた弁之助が声を低めて言った。

「おい、俺たちだけで奴を止めるのか」

「それしかない。大軍で来ているなら、治右衛門を走らせて、中納言様を狙う者がいる、と注進すればいい。旗本連中がすぐに中納言様を守る陣を組み、千人くらいの兵で山狩りをして、奴を捕らえるだろう。だが、三十や四十じゃそうはいかねえ」

それもそうだな、と弁之助も頷いた。

「で、こっちでいいのか」

「知るか！　できることをやるしかねえだろ」

　わかったよ、と弁之助は苦笑した。

　五十歩も行かないうちに、遠くから蹄の音が響いて来た。秀忠公が近付いているのだ。まずい、と新九郎は冷や汗をかいた。これはもう、御手討ち覚悟で街道に飛び出て、強引に止めるしかないか。だが、止まった方が標的になりやすい……。

「待て」

　弁之助がいきなり新九郎の袖を引いた。振り返ると、弁之助は新九郎の肩越しに左手の先を見つめている。

「何か見つけたか」

「火薬の臭いがする」

　何ッ、と新九郎も鼻をひくつかせる。確かに、微かに火薬が燃えるような臭いが感じ取れた。

「やはり、鉄砲か」

　左馬介が呻く。三人は、弁之助が示した方へ揃って走り出した。

　その姿は、すぐに捉えられた。数本の杉の木の根元、下生えの中に蹲《うずくま》っている。黒っぽい着物に、頰かむり。構えている鉄砲の銃身が、はっきり見分けられた。例の侍と共にいたらしい忍びは、こいつに違いない。ただの忍びでなく、鉄砲撃ちだったか。

「あンの野郎……」

弁之助が唇を歪め、刀を抜こうとした。が、そこで動きを止めた。何だ、と思った刹那《せつな》、新九郎も背後の気配を感じた。本能で、さっと体を右によける。そのすぐ脇を刀の切っ先が走った。左馬介がのけ反って、尻餅をついた。

くそっ、あの侍だ。新九郎は横に飛びのき、後ろを向いた。弁之助も、既にそちらを向いて身構えている。

杉の木の脇に、刀を手にした侍が立っていた。大柄で年嵩。袖のない羽織と括り袴。頭には陣笠。追っていた男に、間違いなかった。

だが新九郎は、その姿を見て固まった。侍の顔は、はっきりとわかったが、新九郎は自分の目にしているものが、信じられなかったのだ。

新九郎は動けぬまま、絞り出すような声で言った。

「島《しま》……左近《さこん》……殿」

十

驚愕《きょうがく》したのは、相手も同じだった。目を丸くして新九郎を見つめている。

「瀬波……新九郎か」

左近が呟くように言った。五年ぶりか。それから急に、笑い出した。

「何とも妙な縁だな。こんなところでまた会うとは」

確かに五年前だ。あの時新九郎は、左近に斬られかけて宇治《うじ》川に飛び込む羽目になった。しかし新九郎にとっては、ほんの何か月か前の話で、五年ぶりと言われると、どうも調子が狂う。

このやり取りを聞いて、弁之助も仰天したようだ。

「島左近だと？　本当かよ」

目を瞬き、左近に向かって言う。

「あんた、討死したって聞いたが」

「見た通り、生きておる」

左近は笑みを消さずに言った。やはり大した胆だ。

「江戸中納言を、討つつもりか」

新九郎が迫ると、左近は悪びれもせずに「ああ」と認めた。

「西軍は負けたんだ。もう天下の趨勢《すうせい》は決まった。今さらそんなことをしても、何も変えられんぞ」

この先に起きることを知っている新九郎は、懸命に言った。それに万一、秀忠公が討たれても、東照神君の御子には結城秀康《ゆうきひでやす》も松平忠吉《まつだいらただよし》もいる。そのどちらかが跡目《あとめ》を継げば、徳川の天下は揺るがない。

「わかっている」

左近が言った。が、口調が少し変わった。

「だがそれは、金吾中納言《きんごちゆうなごん》や脇坂《わきざか》、朽木《くつき》らに裏切られたからだ。吉川民部少輔《きつかわみんぶのしよう》（広家《ひろいえ》）にさえもな。我らが弱かったわけではない」

そうかな、と新九郎は思う。確かに、石田三成や大谷、宇喜多の兵が弱かったわけではあるまい。しかし、西軍の主だった武将に東軍側からの調略《ちようりやく》の手が、深くまで伸びていた、ということは、三成らの脇が甘かったのだろう。それはやはり、弱さと言うべきではないのか。だが、敢えてここで口に出す気はなかった。

「殿のご無念、察するに余りある。しからば、ここで一矢なりとも報いようとするのが、忠義というものではないか」

一理ある。それこそが、左近のような一徹な武士にとって、最も大事なことなのだろう。しかし無論、見逃すわけにはいかない。

新九郎は刀に手を掛けた。正直、勝てるとは思えない。その一方、ここで斬られるつもりもない。何とかして闇討ちを止めさえすれば、いいのだ。そのためには……。

刀を抜く前に、弁之助が前に出た。こちらは既に刀を抜き、構えに入っている。

「音に聞く島左近殿と、ここで手合わせできるとは思わなかった。こいつは嬉しいぜ」

弁之助が、うそぶくように言った。顔には満面の笑み。こいつ、本気なのか。

新九郎は目を疑った。弁之助のような若造が太刀打ちできる相手ではない。

そう思って止めようとした。が、そこで動けなくなった。左近と弁之助は、斜面で四間ばかりの間《ま》を取って向き合っている。身の丈は、ほぼ同じくらいだ。二人とも、正眼《せいがん》に構えていた。新九郎はてっきり、無謀に打ちかかった弁之助を左近が一太刀で斬る、という展開になると思っていた。ところが、弁之助も左近も動かない。互いに間を測っているかのようだ。

左近が、じりっと右に動いた。弁之助も、右に動く。二人とも、さっきより足場が良くなった。それでも、斬りかかろうとしない。驚いたことに、双方とも隙がないのだ。

(こいつは、たまげた)

意外にも、弁之助は左近に後れを取っていない。これなら、もう少し早く乱世の真っ只中に世に出ていれば、腕一本で一城の主になれたかもしれない。

蹄の音が大きくなった。秀忠公は、すぐそこまで来ている。まずい、と思った。左近に気を取られ過ぎていた。肝心なのは、鉄砲の方だったのに。

新九郎は慌てて、鉄砲を構える男の方に行こうとした。その時、左馬介の姿が目に入った。人の頭ほどある石を、高く持ち上げている。鉄砲の男は、狙いに集中するあまり、それに気付いていない様子だ。

木の間越しに、街道を駆けてくる騎馬武者が見えた。先頭で三騎がひと塊《かたまり》となり、他はすぐ後に続いている。三騎の真ん中は、特に立派な鎧を着けていた。秀忠公に違いない。

新九郎は声を上げようとした。その時、左馬介が持ち上げた石を、鉄砲撃ちの男に向かって投げおろした。

次の一瞬で、様々なことが同時に起きた。左馬介が投げた石は、鉄砲撃ちの頭を狙ったようだが、直には当たらなかった。だが石は踝《くるぶし》に当たり、鉄砲の狙いを狂わせた。

辺りに轟音《ごうおん》が響いた。新九郎は身を竦め、青くなって街道を見た。秀忠一行は発砲音に驚き、馬が跳ねた。弾丸は秀忠一行の頭上を掠《かす》め、街道の反対側の木に当たったようだ。

馬廻《うままわ》り衆《しゅう》が、すぐ反応した。ここは危ないとばかりに馬に鞭《むち》をくれ、秀忠公を守りつつ駆け抜けようとする。ところが、十間ばかり先で枝が裂ける音がし、一抱えもありそうな木が街道に倒れ込んで、塞いでしまった。駆けだそうとしていた秀忠一行の馬は、驚いて竿立ちになった。

誰も落馬こそしなかったが、街道は通れなくなった。馬で飛び越えるのは、枝が邪魔をして無理だ。秀忠公らは、立ち往生した。新九郎は舌打ちした。あいつの仕業だ。真田から送られたもう一人の使者だ。一発目を外した場合に備えて、足止めの策を講じてあったに違いない。

「狼藉者《ろうぜきもの》ぞ！　中納言様を守れ！　周りに気を付けよ」

馬廻りの一人が怒鳴り、三十騎余りがたちまち秀忠公を囲んだ。さすがは歴戦の旗本衆、動じることなく対処している。

新九郎の背後では、鉄砲の音に弁之助がびくっとして、気を逸らせた。やはり若さが出たのだ。左近はそれを逃さなかった。一瞬で踏み込んで間合いを詰め、弁之助に向かって刀を一閃させた。

弁之助は、刀が振り下ろされると同時に身を避けていた。ここでは弁之助の若さが、いい方に働いたのだ。既に老境に入ろうとしている左近は、身のこなしが弁之助より僅かに遅かった。

それでも左近は、体勢を崩すことなく再度刀を振るった。今度は弁之助も刀で受けた。激しく刀身を打ち合う音が響く。二人はそのまま、二度、三度と刀を合わせた。双方の腕は、ほぼ互角だった。

左馬介は、鉄砲の男と組打ちになっていた。男は鉄砲を取り落とし、押さえ込もうとする左馬介を必死で撥《は》ねのけようとしている。左馬介は渾身《こんしん》の力で、それに耐えていた。

二人はそのまま斜面を転がり、組み合ったまま折り重なるように街道に落ちた。秀忠公の周りを囲んでいた馬廻り衆が馬から飛び降り、わっと飛びかかる。たちまち鉄砲撃ちと左馬介は引き離され、組み敷かれた。左馬介が必死に叫ぶ。

「その男が、鉄砲を」

「わかっている。落ち着け」

馬廻り役の一人が、言った。鉄砲撃ちは腰に火薬と火種、弾丸の袋などを付けており、一目瞭然《いちもくりょうぜん》だった。左馬介は、ようやく肩の力を抜いた。

斜面の上からこの様子を確かめた新九郎は、改めて左近と弁之助の戦いに目を向けた。決着はまだついていない。二人は一旦離れ、再び向き合っていた。街道の秀忠一行は、この様子に気付いていない。

弁之助が、構えた大刀《だいとう》から左手を離し、脇差を抜いた。両手で一本ずつ構える。

左近が、ほう、と眉を上げた。

「二刀流とは、珍しいな」

「普通にやり合ったんじゃ、なかなか終わりそうにないんでね」

弁之助が荒い息でニヤリとすると、左近も笑みを浮かべ、同じように脇差を抜いた。

「お相手仕《つかまつ》ろう」

島左近が二刀流を使うなど、聞いたことがない。新九郎は今の立場を忘れ、思わず見入った。

先に、左近の方が動いた。まず大刀を振るう。弁之助が避けたところに、脇差を突き出した。弁之助が身をよじり、自身の脇差でその切っ先を弾いた。続いて、真っ向から大刀が来る。弁之助は大刀と脇差を十文字に交差させ、これを受けた。さらに押し返す。左近が引き、構え直した。

新九郎は、左近の息が上がり始めているのに気が付いた。ここに来て、歳の差が表れてきたようだ。左近は確か、もう六十を超えているはず。それでもこれだけの動きができるのは、驚愕《きょうがく》に値する。さすがは戦国一、二のつわものだ。

それから二度打ち合い、勝負がついた。左近が右に薙《な》いだ脇差を、弁之助の脇差が叩き、手から打ち落としたのだ。左近の足が、止まった。弁之助が大刀と脇差を交差させ、そのまま斬り下ろそうとした。

「待て待てッ」

新九郎は叫び声をあげ、止めに入った。左近と弁之助が、驚いてこちらを向く。

「何だ、邪魔しないでくれ」

弁之助が文句を言うのには答えず、新九郎は左近に近付いて話しかけた。

「もうよろしいでしょう、左近殿」

左近は目を眇《すが》め、新九郎を見た。

「やめろ、と言うのか」

「鉄砲がしくじったら、貴殿が斬り込むおつもりだったのでしょう。だが、ご覧の通り、中納言様の方は備えができてしまった。いかに貴殿の腕をもってしても、中納言様を討ち取るのは無理です」

　左近は黙っている。新九郎は正面から左近を睨んだ。

「それとも、ここを死に場所とされるおつもりでしたか」

　左近の眉が動いた。そのまま、しばし新九郎を睨み返す。新九郎も、目を逸らさない。

　やがて、左近の顔の強張りが解けた。ほっと軽く息を吐くと背筋を伸ばし、大刀を鞘《さや》に納めた。

「そうだな。こやつのおかげで、力をだいぶ使い果たしてしまった。今斬り込んでも、一太刀浴びせるどころか、生け捕りにされて恥の上塗りをするだけだろう」

　左近は弁之助の方に向き直った。

「貴公の名を聞いていなかったな」

　弁之助は、居住まいを正した。そして丁寧に一礼した。

「新免《しんめん》弁之助と申します」

その声には、左近への敬意が表れていた。左近は「うむ」と頷くと、脇差を拾い上げた。そして、鞘と一緒に弁之助に差し出した。

「貴公にやる。持って行け」

えっ、と弁之助は驚いた様子だったが、手を出すと恭《うやうや》しく受け取った。左近は小さく微笑《ほほえ》むと、「さらば」とひと言告げ、さっと背を向けた。新九郎は黙って頭を下げ、山の奥へと消えて行く後ろ姿を見送った。

「いいのかい、行かせちまって」

弁之助が囁いた。構わん、と新九郎は言った。

「むざむざ囚われるようなお人じゃねえよ。関ケ原で討死したことになってるんだろ」

「いや、そういう噂が流れてただけだが」

「だったら、そうしときゃいい。あのお人も、もう天下に逆らおうとはすまいよ」

もし大坂夏の陣まで生き永らえたら、齢《よわい》七十六ではあるが、一介の牢人として豊臣方に加わるかもしれない、などとも思った。無論、そんな記録はどこにも残っていない。

「お前、いい物を貰ったじゃないか」

新九郎は、左近の脇差を指差して言った。立派な拵《こしら》えの脇差だ。だが弁之助は、うーんと唸った。

「俺が持っててもなあ。宝の持ち腐れって言うか……左近が討死したってことになるなら、戦の後で落ちてたのを俺が拾って来た、くらいに思われそうだし」

弁之助は困ったように頭を掻いた。ところがすぐに、真顔に戻った。「おい」と木々の向こうを新九郎に顎で示す。何だ、とそちらを向くと、黒い影が動くのが見えた。ちょうど、街道に折れて倒れた木の少し先だ。

あっと思った時、弁之助はもう走り出していた。黒い影の方も気付き、身を翻して逃げようとする。だが弁之助は、思いのほか速かった。あっという間に追いつくと、そいつの襟首を摑んだ。

「捕まえたぞ」

新九郎が駆け寄ると。弁之助は襟首を引っ張り、そいつの顔を新九郎に見せた。山の木々に溶け込むような色味の、古びた小袖を着ている。思ったよりは年嵩に見えた。新九郎はその男の胸ぐらを摑んだ。

「お前が木を倒して街道を塞いだんだな。昨夜のうちに切り込みを入れてたんだろう。真田の手の者か」

男は半ば震える声で答えた。

「いや、俺は使い走りに雇われただけだ。言伝を預かって、さっきの侍に届けた」

「どういう言伝だ」

「よくわからんが、十九日に来る、とだけ伝えればいいと」

やはり思った通り、もう一人の使者だった。

「使者は何人いたんだ」

「俺が知ってるのは、三人だ。一人はあんたらが捕まえただろう。もう一人は、途中で増水した木曾川を渡ろうとして、流されちまった」

新九郎たちが昨日捕まえた男は、他の使者については知らなかった。この男、あいつよりは信用されていたらしい。

「中納言様の一行を足止めする役目もあったのか。ならお前、この企てを全部知ってたんじゃないのか」

やはり真田の忍びだろう、吐け、と凄むと、男は青くなって必死に首を振った。

「ち、違う違う。俺は言伝を届けて帰るはずだったのに、あの侍と鉄砲を持った奴に、手伝えって言われて。鉄砲の音がしたら切り込みを入れてある木を倒すだけでいい、ってことなんで、逆らうと危ないと思って、引き受けた」

勘弁してくれ、と男は震えながら言った。新九郎は、どうする、と弁之助を見た。弁之助は、どうぞお好きに、とばかりに肩を竦めた。

「とっとと木曾へ帰れ。この辺をうろついてると、命を失くすぞ」

新九郎は男を突き飛ばした。男は地面に転がってすぐに跳ね起き、一目散に逃げて行った。

「小物はどうでもいいってか」

弁之助が、男の背中を見ながら笑った。

「ああ。時が無駄だ。それより、左馬介殿の方が心配だ」

そうだった、と弁之助は額を叩いた。

「中納言に、手打ちにされてなきゃいいけどな」

不吉なことを言うな、と新九郎は弁之助を小突き、鉄砲撃ちの男がいたところまで急いで戻った。

**徳川家康と徳川秀忠の進路**

　秀忠公一行は、先ほどの場所にとどまっていた。左馬介は街道に膝をつき、下馬した数人の侍に囲まれている。中の一人は、中納言秀忠公に間違いなかった。その周囲は、残りの武者が取り巻き、襲ってくる者がまだいないかと身構えている。数人が街道の先へ走るのが見えたが、倒れた木をどかしに行ったのだろう。

　新九郎と弁之助は、気付かれないよう木の陰に身を潜めた。辛うじて、左馬介が喋っているのが聞こえる。これまでの経緯《いきさつ》を、最初から説明しているようだ。だが話が長いのか、馬廻り役の何人かはうんざりした表情になっていた。さっさとここから動きたいのだろう。

「何、これを企んだのは島左近であると？」

　馬廻り役の一人が、大きな声を上げた。

「左近は討死したのではないのか」

　その噂は、秀忠公一行にも伝わっていたようだ。馬廻り役たちは、当惑顔になる。

「間違いないのか」

「間違いございませぬ。それがし、以前伏見にて、左近殿と顔を合わせたことがございます」

五年前のことだ。その場には新九郎もいた。

「こやつ、騙《かた》りかもしれぬ」

怒ったように言って、一人が左馬介の方に踏み込んだ。

「そもそも、その方は何者だ。牢人と申したが、前はどこの家中であった。西軍の者ではないのか」

畳みかけられた左馬介は、うろたえ気味になった。宇喜多の者だったことは、まだ言っていなかったらしい。

「その……戦では、宇喜多勢に加わっており申した」

何と、と馬廻り役が眉を吊り上げる。

「やはり西軍の残党ではないか。おのれ、たばかりを申して油断させ、中納言様を討つつもりであったかッ」

怒鳴り声を上げて、刀を抜いた。これはまずい。仕方なく新九郎と弁之助は、街道に転がり出た。馬廻り役たちが、目を剝《む》く。

「おのれ、中納言様に……」

「待ってくれ、違う。この左馬介殿の仲間だ」

仲間、と聞いて馬廻り役がさらに憤る。

「仲間とな。まとめて成敗してくれるわ」

「慌てないでくれ。討つつもりなら、こんな間抜けな出張り方をするものか」

新九郎は弁之助の腕を叩き、共に刀を置いて秀忠公に向かい、平伏《ひれふ》した。

「中納言様。お騒がせいたしまして、申し訳ございませぬ。しかし、この左馬介の申す通りにございます。島左近は合戦を生き延び、中納言様を討つことで徳川に一矢報い、石田治部の恩義に報いようとしたのでございます」

新九郎は一気に喋った。目の前にいるのが、後の二代将軍であることを思うと、額に汗が浮いた。自分は三十俵二人扶持、御目見《おめみえ》以下のずっと下っ端だ。公方《くぼう》様のご尊顔を拝するなど、まず考えられない立場なのである。

「信じられぬ。証しはあるのか」

馬廻り役が迫った。証し、と言われて新九郎は困った。鉄砲撃ちが口を割るとは思えない。せめてあの使者の男、捕まえておけば良かったか。

「こちらを」

弁之助が膝を進め、脇差を差し出した。あ、それがあったか、と新九郎は安堵する。

「先ほど左近と刀を合わせ、互いに傷を負わすことはございませんでしたが、去り際に左近がそれを置いて行きました」

何、と馬廻り役が脇差を取って、しげしげと眺める。まだ疑わし気だ。

「よくご覧下さい。柄《つか》のところに、紋が入ってございます。石田治部の九曜紋と、島左近の三つ柏にございます」

馬廻り役は柄を確かめた。そして、「確かに」と呟いた。

一方、新九郎は愕然《がくぜん》としていた。どうして気付かなかったんだ。これこそは、二百年後に上谷家に厄介を引き起こす脇差、そのものではないか。こんな経緯で……。

「見せてみよ」

それまで黙っていた秀忠公が手を出した。馬廻り役は、丁重に脇差を手渡した。

「ほう……確かに紋が二つ入っておる。こういうものは珍しいな。拵《こしら》えもなかなか立派なものじゃ」

秀忠は新九郎たちを見下ろして、言った。

「確かにこのようなものは、島左近以外、持ってはおるまい。得心いたした」

「お……畏れ入りまする」

新九郎たちはほっとして、ぐっと頭を下げた。

「湯上谷左馬介と申したな。宇喜多家の者が、何故左近の企てを阻み、儂《わし》を助けたのじゃ」

はっ、と左馬介は身を震わせた。新九郎も、ぎくりとする。できれば代わりに然《しか》るべき答えをしてやりたかったが、秀忠公が直に左馬介に問うている以上、口は挟めない。頼むぞ左馬介、切り抜けてくれよ、と新九郎は祈った。

「畏れながら、申し上げます」

左馬介は、ゆっくりと切り出した。

「西軍は敗北、宇喜多勢は散り散りとなりました。もはや改易《かいえき》は必至《ひっし》にございましょう。大坂には秀頼様がおわしますとはいえ、天下は内府様の治めらるるところと決した。それがしは左様心得ます」

天下は内府様の、という言葉に、秀忠は僅かに表情を動かした。馬廻り役たちは、当然のことだ、という顔で聞いている。

「私事《わたくしごと》ではございますが、それがしには永年思い焦がれ、ようやく添い遂げた妻《さい》がおります。子もございます」

新九郎は、驚いた。ここで左馬介が奈津のことを持ち出すとは。弁之助と馬廻り役たちは、何の話だと呆れたような顔になっていた。だが秀忠公は、興味深そうに聞いている。

「我が妻は、太閤殿下に服した我が旧主の姫でありました。しかしながら、乱世の習いとして様々に辛苦《しんく》を舐め、何よりも泰平の世を願うようになりました」

あ、と新九郎は内心で声を上げた。今のはまさしく、新九郎の知る奈津の思いそのものだ。

「それがしも乱世の中、幾度も戦場に出て刃を振るい、幾つもの首級《しるし》を挙げ申した。しかれども、戦を重ねるほどに、虚《むな》しゅうなりました。人はいつまで争い事を続けるのか、何故ここまで殺し合わねばならぬのか、と」

左馬介は、ゆっくりと顔を上げた。不敬かもしれないが、咎《とが》める者はいない。

「乱世も末となった今、それがしも我が妻の思い、痛いほどわかり申す。向後《こうご》は戦の心配をせず、安らかに暮らさせてやりたい。子も、命のやり取りなど考えず、健やかに真っ直ぐ育ってほしい。武士として如何《いかが》か、と謗《そし》られるやもしれませぬが、それがしの忌憚《きたん》なき思いにござります」

左馬介は、一度奈津を思うかのように俯いてから、さらに続けた。

「武辺《ぶへん》に頼る者いまだ少なからず、この先多少の戦はありましょう。しかしながらそれを治め、国中に泰平をもたらすことができるお方は、内府様しかいない。

そう悟りました。故に、その跡を継がれるご嫡子《ちゃくし》たる中納言様をお助け参らせることこそ、泰平の世を盤石《ばんじゃく》とする道。左様心得ましてございまする」

左馬介はそこで話を終え、再び平伏した。新九郎は舌を巻いた。左馬介は決して能弁ではない。今のは、まさに胸の奥から、自然と迸《ほとばし》った思いに違いない。この場でそれを、見事に言葉にできるとは。

傍らを見ると、弁之助も驚いているようだった。新九郎は、馬廻り役たちの様子を窺った。惰弱《だじゃく》だ、と不快に感じた者もいるようだ。だが、多くの胸には響いたらしい。一時は殺気立っていた気配が、消えていた。

秀忠が、一歩進んで左馬介の前に出た。

「面《おもて》を上げよ」

左馬介が、そっと体を起こした。秀忠公の顔に、笑みが浮かんでいる。

「よくぞ申した。只今《ただいま》の言、我が父上の思われるところと一体である。泰平こそ、まさに我らが目指すべきもの。よう腑《ふ》に落ちた」

秀忠は、左近の脇差を持って左馬介に差し出した。

「これはそなたに下げ渡す。此度のこと忘れぬよう、大事にするが良い」

「ははっ、有難き幸せ」

左馬介は震える手で、脇差を受け取った。そこで秀忠公は、思い付いたように言った。

「そうじゃ。治部と左近の紋が入ったものを西軍であったそなたが持っておると、変に疑いを抱かれてもいかぬ。一筆書いてやろう」

秀忠は近習に紙と矢立《やたて》を出させ、さらさらと書付を書いた。それを左馬介に手渡す。

「この経緯を記しておいた。儂の花押《かおう》を入れた故、これを見て文句を付ける者はおるまい」

「重ね重ね、有難く存じまする」

左馬介は、改めて平伏し、礼を述べた。新九郎は、ほっとして力が抜けた。これでどうやら、左馬介の首は繋がった。弁之助にちらりと顔を向け、脇差はお前が左近から貰ったのにいいのか、と目で問う。弁之助はすぐに察し、これでいいんだ、と目配せを返した。

そこで、先の方からどしんという音がした。倒れた木が、どけられたらしい。間もなく数人が走って戻り、道が開いたと知らせた。

ほぼ同時に反対側、後ろの木曾の方から軍勢の蹄の音が聞こえてきた。置いて行かれた徳川本隊の後続が、追いついて来たようだ。秀忠一行は、その場で軍勢が来るのを待った。

先頭の馬上の武将が、こちらを見つけて大音声《だいおんじょう》で呼ばわった。

「中納言様ァ、ご無事にございますか」

秀忠はそちらを見て、微笑した。

「ようやっと、式部《しきぶ》が来たようじゃな」

式部、と聞いて新九郎は首を傾げかけた。が、すぐに気付いて、髪の毛が逆立つ思いがした。榊原《さかきばら》式部大輔康政《たいふやすまさ》。徳川四天王の一人だ。確かこの行軍では、秀忠公の軍監《ぐんかん》を務めているはずだ。

榊原康政は秀忠一行に割り込むようにして馬を止め、すぐに飛び降りて秀忠の前に膝をついた。

「中納言様、これはいったい何事でござる」

誰よりも先を急いでいたはずの秀忠公が、こんな街道の真ん中で立ち止まっているのに不審を覚えているのだ。秀忠は少し考える風にしてから、あっさりと言った。

「島左近らしい男とその手の者に、鉄砲で狙われてな。この者たちに救うて貰うたところじゃ」

秀忠は、この騒動を一言で説明した。誠に簡にして要を得ていたが、康政はぽかんとした。

「は……鉄砲で……」

一瞬の間を置いて、康政は蒼白になった。それを見て秀忠が言い添える。

「案ずるな。玉は外れた。撃った者は、あれに捕らえておる」

秀忠は、縄で縛られて街道の隅に転がされた男を指した。康政は一瞥《いちべつ》してから、新九郎たちの方に怒ったような目を向けた。

「中納言様、この者らに救われたとおっしゃいましたか」

「左様、左近は取り逃がしてしもうたが」

「相手が島左近であったとは、誠にございますか」

「左馬介、見せてやれ」

秀忠が言ったので、左馬介は左近の脇差を康政に見せた。康政は脇差を取り、紋を検《あらた》めて唸った。

「我ら、左近の顔を存じおります故、間違いはございませぬ」

新九郎が言うと、康政は顔を引きつらせた。

「脇差は儂がその者に下げ渡した。得心したら、返してやれ」

秀忠に言われ、康政は不満げながら左馬介に脇差を戻した。

「それで、その方らは何者じゃ」

新九郎たちは再び、一人ずつ名乗った。左馬介の素性を聞いた康政は、眉を逆立てる。

「宇喜多の者じゃと？」

「今はもう、そうではない」

秀忠が庇《かば》うかのように康政に言った。康政は承服しかねるようだ。

「しかし、ですな」

秀忠は聞こえぬふりで、左馬介に問いかけた。

「湯上谷左馬介。先ほど述べた存念、感じ入った。どうじゃ。儂の元へ来ぬか」

「えっ」

左馬介は絶句した。

「何と、それがしを……」

秀忠を見上げたまま、言葉が続かない。新九郎はその背中を小突いた。さっさと受けろ、とばかりに。

少しの間唖然としていた左馬介は、はっと我に返り、改めて平伏した。

「勿体《もったい》なきお言葉。謹んでお受けし、向後は徳川家のため、粉骨砕身精進《ふんこつさいしんしょうじん》いたしまする」

康政はこれを聞いて呆れたように、「よろしいのですか」と秀忠に渋面を見せた。

「構わぬ。左近ほどの者の企みを見破り、それを阻んで追い払ったのじゃ。武辺に偏《かたよ》らず、目端が利き、役に立つ者である。これから徳川が天下を治めるなら、このような者が数多く必要になる」

康政は、まだ面白くなさそうな顔をしていたが、左馬介を鋭い目で一睨みしてから秀忠の顔を窺い、「まあ、中納言様がおっしゃるなら」と呟くように言った。

新九郎は、肩の荷を下ろした気がして、やれやれと溜息をついた。乱世では主家を鞍替《くらが》えするのはよくあること。関ケ原の後に徳川の旗本や御家人になった西軍の武将も少なくない、とは承知しているし、左馬介もそうなるのだ、とわかってはいた。だが目の前でそれが成ったのを確かめられたことで、新九郎は心から安堵した。これでこそ、自分がここに来た意味があったというものだ。

「そちらは新免弁之助であったな。その方も、来ぬか」

秀忠は弁之助にも声を掛けた。だが弁之助は、「いえ、それがしは」と引いた。

「実はそれがし、黒田甲斐守《くろだかいのかみ》様のお指図を受ける者にございまして」

ほう、と秀忠が眉尻を上げた、

「黒田の手の者であったか。わかった。甲斐守によしなに伝えよ。儂からもそなたの手柄、口添えいたしておく」

ははっ、畏れ入り奉《たてまつ》ります、と弁之助は神妙に頭を下げた。新九郎は横目で弁之助を睨んだ。こいつ、東軍のどこかの大名に雇われていると言ってたが、黒田長政《ながまさ》だったたか。隠してやがって、とむっとしたのが伝わったか、弁之助は、済まんな、というような視線を寄越してちらりと笑みを浮かべた。

「で、瀬波新九郎と申したか。その方は、どうじゃ」

おっと。今度は俺か。秀忠公から直々に誘われるとは。もの凄く名誉な話で、信じ難いことではあるのだが、残念ながらそれに乗るわけにはいかない。弁之助には関東の大名の紐付きであるように言ったが、ここでそれを出すと面倒なことになりそうだ。

「申し訳ございませぬ。いささか思うところあって、諸国を放浪しております。まだ我が修行、成りませぬ故」

断るのか、と康政が意外そうな顔をした。だが秀忠は、特に驚きもせず、「そうか。ならば好きにするが良い」とだけ、言った。秀忠公も、新九郎が断るだろう、と感じ取っていたのかもしれない。

「おう、こうしてはおれぬ」

秀忠はようやく気付いたかのように自身の馬に戻った。

「思わぬ時をかけた。父上の元に急がねばならぬ」

秀忠は康政を振り返り、声を強めて告げた。

「中納言様、ここで止まったのですから、しばし後続が追いつくのを待たれては。小人数で行かれては、またこのようなことが起きぬとも限りませぬ」

康政も強い口調で返した。だが、秀忠は「心配無用」と言い切った。

「左近めも、さすがに別の手を用意してはおるまい。それに彼奴《きやつ》ほどの胆と知略《ちりやく》を持つ者は、西軍にはもはや残っておらぬ」

「ではありますが……」

なおも言い募る康政を無視し、秀忠は「替え馬はあるか」と言った。康政の配下の一人が、すぐに馬を曳《ひ》いて来た。秀忠は左馬介を見下ろし、馬を示した。

「その馬を使え。少し急ぐぞ。ついて来れるか」

「どこまでも、遅れずに参りまする」

左馬介は、胸を張った。正直に言うなら、左馬介の年では駆けっ放しの行軍はきつかろう。それでも左馬介は、懸念を顔には出さなかった。秀忠は頷き、「参るぞ」と怒鳴って馬に鞭をくれた。秀忠の馬廻りが、一斉に走り出した。

左馬介は新九郎の腕を摑んだ。

「済まぬ。五年前に続き、そなたにはすっかり世話になった。この恩、生涯忘れぬ」

「いや、気にせんで下さい。奈津様の元へ、どうか無事に」

うむ、と力強く頷くと、左馬介は馬に飛び乗り、「さらば！」と叫んで、秀忠一行を追って走り出した。

康政は舌打ちし、新九郎と弁之助をまた睨みつけた。

「此度のこと、他言《たごん》するでないぞ」

脅すかのように言い捨てると、自身の馬廻りの者に、まだ転がったままの鉄砲撃ちの男を顎で指した。馬廻り役は「はっ」と一礼し、男に駆け寄ると、刀を抜いた。新九郎は、目を背けた。

康政は馬に跨《また》がり、新九郎たちに最後の一瞥をくれた。労《ねぎら》いのかけらもなく、盗賊でも見るような目付きだった。そして「ふん」と鼻を鳴らすと、それきりこちらを見ることなく、忽ち駆け去って行った。五十騎ほどの康政配下の者たちが、一団となって続く。

街道には、新九郎と弁之助だけが残された。ちらりと後ろを振り返る。斬られた鉄砲撃ちの男が、ぼろきれのように街道の脇に投げ出されていた。

十一

村に戻り、身を潜めて固唾《かたず》を呑んでいたらしい治右衛門たちに、無事片付いた旨を告げた。治右衛門たちは、見るからにほっとした様子で、その場に座り込んだ。

「ああ、何とか皆、命拾いできたわい」

大袈裟《おおげさ》に聞こえたが、もし秀忠公がここで討たれたとなれば、ただでは済まなかったかもしれない。新九郎は治右衛門の肩を叩いた。

「仔細は左馬介殿から中納言様に直にお伝えしている。左馬介殿はうまい具合に中納言様の幕下《ばっか》に入れたから、いずれこの村にも褒美が出るかもしれんな」

だとしたら有難いことで、と治右衛門も吾兵衛も目を細めた。新九郎は、街道に放ったままの鉄砲撃ちの死骸を葬ってやるよう頼んだ。治右衛門は承知し、吾兵衛に手配りを命じた。

「お二人は、これからどうなさいますので」

吾兵衛が出て行った後、治右衛門に聞かれたが、さて、と新九郎は考えた。この先どうする、という当てはない。江戸に帰る算段をしなければならないが、自分でどうにかできる、というものでもなさそうなのは、過去二度の経験で承知している。琵琶湖にでも飛び込む羽目になるんだろうか。いや、こちらに来た時と同じ形になるはずだ。比叡山《ひえいざん》の石段でも転がり落ちるんだろうか。

そこで気が付いた。あの脇差。上谷家でも脇差の由来がもはやわからなくなっていたので、言いがかりに反論できていなかった。しかしつい先刻新九郎は、脇差が確かに左近のもので、秀忠公の配慮で左馬介に下賜《かし》されたのを、目の当たりにしたのだ。しかも、それを証するお墨付きまで遣わされている。

(そういうことか。左馬介を救うだけでなく、江戸の上谷家をも救う。それが俺に課された使命だったんだ)

上谷家のどこかに、お墨付きが残されているに違いない。それを作事奉行に見せれば、一件落着となるはずだ……。

「おい、何を考え込んでるんだよ」

弁之助が脇腹を小突いてきた。

「うん？　ああいや、これからどっちへ行くかってな」

「ふうん。で、どっちに決めた」

「それは……」

急に奈津の顔が浮かんだ。いや、志津の顔だったか。それでも、取り敢えずどこに向かうかははっきりした。

「伏見」

「へえ、伏見か」

弁之助はちょっと首を捻ってから、なるほどと言った。

「内府もそっちに向かってるようだしな。これから大坂城で秀頼様に拝謁《はいえつ》して、この合戦の後始末をするんだろう。毛利《もうり》をどうするって話もあるだろうし」

この先の流れを見るには、都の辺りに腰を据えるのが一番いいだろう、と弁之助は偉そうな顔で言った。

新九郎の考えは、時勢とは関わりなかった。奈津にもう一度会いたい。会って、左馬介のことを伝えたい。もしかすると左馬介の帰還の方が早いかもしれないが、それは構わない。奈津と話がしたい、と新九郎は今になって、心の底から思った。

「そっちはどうする。黒田甲斐守様の陣へ、戻るんだろ」

「うん。俺は黒田の正式な家来ってわけでもないが、見聞きしたことは伝えておかねえとな」

「左近の襲撃のことも？」

「それこそ一番面白い話だからな。榊原式部は怒るだろうが」

どうなんだろう、と新九郎は首を傾げた。確か戦記物には、左近が秀忠公を討とうとした、なんて話はどこにも出ていなかったはずだが。

「さてと。俺は一寝入りさせてもらうぜ」

弁之助は大きく伸びをしてから、さっさと横になった。そう言えば、昨夜から一睡もせずに走り回っていたのだ。新九郎は治右衛門に言った。

「明日の朝、出立《しゅったつ》しようと思う。それまで休ませてくれるか」

もちろんです、と治右衛門は請け合った。弁之助は、早くも鼾《いびき》をかいている。新九郎もどっと疲れが押し寄せて来て、間もなく瞼《まぶた》が落ちた。

翌朝、日が昇るとすぐに、新九郎と弁之助は村を出た。治右衛門ら村の衆十人ばかりが、見送ってくれた。連中の顔には、助けてもらったという礼と、やっと厄介払いできるという本音の安堵が、奇妙に合わさって浮かんでいた。

村の衆が用意してくれた雑穀の握り飯の包みを腰にぶら下げ、新九郎と弁之助は街道を進んだ。人の往来は、昨日よりさらに増えた気がする。商いなどばかりではなく、史上稀《まれ》なほどの大きな合戦の跡を見物に来たらしい者の姿も、目立った。

呂久《ろく》の渡しで揖斐《いび》川を越え、少し行くと、遠くまで見晴らせる場所があった。南の先に、城が見える。二筋ほど、白い煙が上がっていた。新九郎たちは、しばし足を止め、握り飯を齧《かじ》った。

「あれは大垣城か」

新九郎が聞くと、弁之助は「そうだ」と答えた。

「煙が上がっているようだが、もしかして落ちたのか」

いや、違うだろう、と弁之助は言う。

「落城なら、もっと盛大に黒煙が上がる。ありゃあ、攻め手が何か燃やすか、燻《いぶ》すかしてるんだ」

目を凝らすと、黒い塊となった攻め手の軍勢と、林立する旗指物が見分けられた。確かに、まだ城を囲んだままのようだ。

「城将の福原左馬介は、まだ頑張ってるんだな。五日も前に西軍は負けたってのに、往生際《おうじょうぎわ》が悪い。同じ左馬介でも、あいつとはえらい違いだな」

弁之助はそんな風に言って笑った。それから、ふっと呟いた。

「蟷螂《とうろう》だな」

「蟷螂？」

新九郎は訝《いぶか》しんで、聞き返した。「ああ」と弁之助は応じる。

「見ろよ。大垣城の守兵は何百もないうえ、すっかり孤立してるのにまだ足掻《あが》いてる。まさしく蟷螂の斧《おの》だ。城の連中だって、自分がもう蟷螂に過ぎないってことをわかってるだろうにな」

「蟷螂でも意地がある、ってわけか」

「迷惑な意地だ」

弁之助は苦笑した。

「しかし、大垣城だけじゃない。これから内府の力はぐんと大きくなる。誰も手を出せなくなって、いずれは豊臣さえ呑み込まれてしまうだろうぜ」

おやっ、と新九郎は弁之助の顔を見た。今回徳川の側が大勝したとはいえ、豊臣秀頼の権威はまだ頂点にある。東軍に加わった豊臣恩顧《おんこ》の大名たちは、この先もずっと徳川の風下に立つのかどうか、まだわからない。少なくとも今の世間の見方は、そうであるはずだ。なのに弁之助は、十数年先が見えているかのような物言いをしていた。

「もう、大垣城どころじゃない。全国全ての大名が、徳川の前では蟷螂と化す」

「そうなると思うのか」

「ああ。内府はそれだけのことが、できる奴だ。大坂城でさえ、蟷螂が足搔くだけの城に成り下がるかもしれん」

それからひと言、ぼそりと付け加えた。

「あの左近がしようとしたことも、蟷螂の足搔きと言うべきなんだろうな」

新九郎は内心で唸った。この後の世は、まさに弁之助の言う通りになっていく。

「しかし、それは悪いこととは言えまい」

うん？　と弁之助は新九郎の顔を覗き込む。

「徳川以外の大名が蟷螂になっちまうのは、悪くないのか」

「そりゃあつまり、どの大名も徳川には弓を引けんってことだ。そうなりゃ、合戦そのものがなくなる。兵は無駄に死なず、百姓は田畑を荒されずに済む。それは即ち……」

「泰平の世、ってわけか」

弁之助が後を引き取って、言った。

「ふむ。どうであれ戦がなくなるのがいい、ってのは間違ってねえよな。左馬介殿が中納言様の前で言った通りだ」

後はそれが続くかどうかだ、と弁之助は顎を掻いた。

「どう考えても内府より秀頼様の方が長生きだ。内府は寿命のあるうちに全部を片付けられるかどうか、だな。まあ、片付けたとしても、後の者がそいつを本当に守れるか」

「内府様の跡を継ぐのは、中納言様だろう。お主、中納言様に会ってどう思った」

弁之助は、えっ、という顔をした。そんなことを聞かれるとは、思っていなかったのだろう。が、さほど考えることもなく、ニヤッと笑った。

「ま、悪くはなさそうだな」

五日経っても戦の跡が生々しい関ケ原を越え、日暮れまでに醒井宿《さめがいしゆく》に入った。合戦そのものは宿場に及ばなかったようで、幸い宿は開いていた。新九郎の懐には、治右衛門に融通してもらった路銀が少しばかりある。二人はそこで一晩を過ごした。

寝る前に弁之助が言った。

「俺は日の出前にここを出る。黒田勢に追い付くには、中納言様ほどではないにしても、ちょっと急がにゃならんからな」

あんたが起きる頃にはいないかもしれんが、勘弁してくれ、と弁之助は言った。新九郎としては別に構わないが、今さらながら弁之助のことを何も知らない自分に気付く。

「そういや、お主、国はどこなんだ」

弁之助のことがすっかり気に入っていた新九郎は、思い切って聞いた。

「ああ……うん、播磨《はりま》だ。あんたは東の方か」

「そう……武州《ぶしゆう》だ」

江戸、というとややこしくなりそうなので、やめておく。

「東の大名家に雇われてるようなことを言ってたが」

「ありゃあ、方便だ。本物の牢人だよ」

やっぱりな、と弁之助は笑った。

「年も聞いてなかったよな。俺は二十五だが」

「十七」

何、と新九郎は仰天した。てっきり二十歳は過ぎていると思ったが、そんなに若かったのか。なのにあれほどの剣の腕をものにしているとは。

「何を驚いてんだよ」

弁之助は妙に照れたように言った。

「大垣城を見ながら話したことだが、十七って年にしちゃ、ずいぶんと年寄り臭い分別《ふんべつ》だな」

年寄り臭いって、と弁之助は笑った。

「いいじゃねえか。それだけ、いろんなことを見聞きしてるんだよ」

「それにしても、どういう縁で黒田に」

「親父殿が、黒田の家来なんだ」

ああ、そういうことか。

「さあ、もういいだろ、互いの話は。酒でも飲んで、寝ようぜ」

弁之助が戸を開けて呼ばわり、下働きが濁り酒を運んで来た。薄暗い中、それを酌み交わす。新九郎は弁之助の話をもっと聞きたかったが、弁之助自身は自らのことをほとんど語らなかった。新九郎も二百年先から来ている以上、話せることは少ない。ほとんど左馬介を肴《さかな》にする格好で、飲んだ。きっと盛大にくしゃみをしていることだろう。

翌朝目覚めると、朝日が差し込んでいた。弁之助の姿はない。昨夜言った通り、早いうちに発《た》ったようだ。新九郎は、少しばかり寂しさを覚えた。いい奴だったが、たぶんもう二度と、会うことはないのだろう。

醒井宿を出てしばらく行くと、行く手に琵琶の湖《うみ》が見えた。水面がきらきら、輝いている。美しい眺めだ。だがその左方の先に、薄く煙が立っていた。佐和山だ、と気付く。確か、三日前に落城したはずだ。焼けた城と城下が、まだくすぶっているらしい。

戦記物には、金吾中納言、即ち小早川秀秋《こばやかわひであき》を始めとする西軍を裏切った諸将が、佐和山城を攻めた、と記されていた。寝返ったら元の仲間を攻める先手《さきて》をさせられる、か。乱世はやはり世知辛《せちがら》い、と新九郎は眉根を寄せた。

まだ落ち着かないであろう城下を避け、東に大回りして山裾を進む。二里ほど行って、佐和山の後始末をしている軍勢が見えなくなってから、街道に戻った。もう少し行けば、近江八幡《おうみはちまん》の城下だ。豊臣秀次が整えた城下町だが、その秀次の乱から始まった一件のせいで、新九郎は五年前の伏見に飛ばされてしまった。それを思うと、苦笑がこみ上げてくる。

街道の往来は、やはり少なくなかった。戦の決着については、既に国中の誰もが知るところとなっているのだろう。おそらく一昨日の夜か昨日の朝には、秀忠公の軍勢が通り過ぎているはずだが、それを思わせるものは何もない。左馬介は、遅れずついて行けただろうか。

八幡まであと一里ほど、というところで、前から女と供の者が来るのに気付いた。往来は戻りつつあるとはいえ、供一人連れただけの女旅はさすがに珍しい。余程の用があるのか、かなり胆が太いのか。

女が近付いて来た。萌黄《もえぎ》色の小袖に、薄茶の括り袴。笠を被って杖をついている。若くはないようだが、老女でもない。はて、と新九郎は首を傾げた。どこかで会ったろうか。

女が新九郎の視線に気付いたか、伏し目がちだった顔を上げた。目が合った。

互いに驚きのあまり、棒立ちになる。女が、信じられないというような声を出した。

「し……新九郎……」

女は、奈津であった。

十二

往来で立ち話をするわけにもいかないので、新九郎はすぐ先に小さなお堂があるのを見付け、奈津をそこへ誘《いざな》った。二人はその縁先に並んで腰を下ろす。三十前くらいと見える奈津の従者は、遠慮して三間ほど離れた木陰に座った。これなら、話を聞かれることはあるまい。

「何から聞いたものか」

奈津は新九郎の顔をまじまじと見て、言った。

「まずは、左馬介殿のことにございましょう」

新九郎が水を向けると、うむ、と奈津は微笑んだ。

「そなたがここにおる、ということは、無事に生きておるのであろう」

確信しているように言うので、新九郎は少し驚いた。

「いかにも。どうしてご存じで」

奈津は新九郎が二百年先から来た子孫だ、ということを既に知っている。だが左馬介との子はもう生まれており、左馬介がここで命を落としても、その血が絶えることはないのだ。

「どうしてと申して、そなたが来る時は何か危難がある時じゃ。そなた、関ケ原から来たのであろう」

「まあ、そうですが」

「合戦はとうに終わっている。ならば危難は去った、ということじゃ。違うか」

奈津は新九郎の目を覗き込むようにした。思わず、背筋が震える。奈津はもう三十九になるにも拘《かか》わらず、未だに若々しい。なにしろ、新九郎が一時は本気で惚れた相手なのだ。

赤面しそうになった新九郎は、咳払いした。

「ご慧眼《けいがん》、畏れ入りました。では、奈津様は何故、このようなところまで」

奈津は恥ずかしそうに少し俯いた。

「いささか、勇み足であったな」

奈津は以前に新九郎から泰平の世が来ると聞いていたので、西軍の負けを予感していた。だが宇喜多の家臣となった左馬介が戦に向かうのを、止めるわけにもいかない。仕方なく伏見の屋敷で待っていたが、矢も楯《たて》もたまらず、左馬介が落武者となっているなら迎えようと、つい出てきてしまったのだ、という。子は、伏見の慈正寺《じしょうじ》に預けて来たとのこと。そこは五年前、実家である鶴岡《つるおか》家の改易に伴い、奈津が婚家から離縁されて一時預けになっていた尼寺だ。あそこなら安心できる、と新九郎も思った。

「しかし、私は関ケ原でどちらが勝つ、ということは申しませんでしたが」

「いや、この後に泰平の世が続く、と聞いただけで充分じゃ」

　奈津は明るく笑って見せた。

「石田治部がどう考えようと、豊臣では泰平は長続きせぬ。それができるのは、徳川内府じゃ。故に、東軍が勝つ。そう思うた」

　譜代の三河《みかわ》武士団で周りを固めている内府と違い、豊臣は諸大名の寄せ集めで成り立っている。それぞれの思惑があり、太閤という重石《おもし》がなくなれば、すぐに揺らぐ。今は秀頼を立てて結束しているように見えるが、さらにその次の代まで受け継がれていくかどうかは疑わしい。足利《あしかが》幕府よりも足腰が弱いであろう。

奈津はそんなことを、滔々《とうとう》と述べた。

新九郎は、内心で舌を巻いた。奈津がこれほどまでに、世の中をよく見極めているとは。あの弁之助も、自分なりに同じ見方をしていた。案外この時代の市井《しせい》の人々には、上で争っている大名たちよりも冷静に、天下というものが見えているのかもしれない。

「それで、関ケ原で左馬介に何があったのじゃ」

奈津が急かした。

「はい。実は関ケ原の後の方が、なかなか面白いことになりまして」

新九郎は、左馬介と自分が落武者として捕らえられてから、島左近の企みを止めたことまでを、できるだけわかり易く話した。

「何と、あの島左近がそのような」

さすがに奈津も、目を丸くした。

「それで左馬介は、江戸中納言様に拾っていただいたのか」

「左様です。これからは徳川の御家人として勤められることになります」

正直、禄高はまた減ってしまうでしょうが、と新九郎は少し気の毒になって言った。奈津は笑い飛ばした。

「なんの。生きておればこそ幸い、貧乏なぞどうにでもなる。もう半分、慣れたしな」

かつては二万石の姫君だったというのに、奈津はもう達観しているようだ。逞《たくま》しいな、と新九郎は嬉しくなった。

「で、島左近の脇差も頂いたのか」

「はい。それを証するためのお墨付きも」

ふむ、と奈津は考える。

「誉《ほま》れではあるが、西軍を裏切ったことの褒賞《ほうしょう》と見做《みな》す者もおるやもしれぬな。あまり表には出さぬよう心がけよう」

そこで奈津が思い出したように手を打った。

「そうじゃ。昨日、街道で大軍とすれ違った。避けてやり過ごしたが、確かに徳川の、三《み》つ葉《ば》葵《あおい》の旗印を立てておった。万を超えるであろう軍勢だったのに、何故か小人数ずつに分かれて、ばらばらに急いでいたようだが」

「それが中納言様の軍勢です。関ケ原に間に合わなかったので、内府様の元へ急いでいたのです」

「ではもしや、左馬介もその中に？」

「はい。中納言様の伴侍衆《ともざむらいしゅう》の中にいたはずです」

しまった、と奈津は天を仰いだ。

「知らぬ間に、通り過ぎていたのか」

「そのようですね」

やれやれ、と奈津は溜息をついた。

「焦らず、伏見で待っておれば良かったかな」

「まあ、よいではありませんか。おかげでこうしてお会いできたんですから」

新九郎は奈津に笑いかけた。するとどうしたことか、奈津の頬にほんのり朱《しゅ》が差した。

「実はその……伏見から出て来たのは、もしかしてそういうことがあるか、とも思うたからなのじゃ」

え、と新九郎は奈津の顔を窺う。奈津ははにかむように少し俯いた。まるで少女のような仕草だ。

「そなたは奈津の難儀《なんぎ》のたびに来てくれた。もしや、また現れて会えるのではないか、と」

新九郎はぎくりとした。奈津はまだ、自分を思っていてくれたのか。かっと頭に血が上り、奈津を抱き寄せそうになった。が、すんでのところで思い止《とど》まる。

「はい、確かにこうして会えましたな」

何とかそう言って、笑った。奈津も新九郎の胸の内を察したか、同じように笑った。

「志津、であったかな、もう一人の我が子孫は」

急に志津の名が出て、新九郎ははっとした。

「はい、左様です」

「もう婚儀は済んだのか」

「いえ……実は、ほんの数日後でして」

なんと、と奈津の目が見開かれる。

「それでは、早う帰らねばならぬではないか。どうするのじゃ」

「いや、どうすると言われても、自分ではどうすることもできませんし」

「この前は、どうやって帰ったのじゃ」

「それがその、島左近に追われて斬られそうになり、宇治川に飛び込んだら元の世に帰っておりました」

奈津は呆れたように目を回した。

「何じゃそれは。此度は琵琶の湖に飛び込むのか」

「さあ、それは……」

そこで新九郎は、妙な気配に気付いて顔を上げた。そして思わず身構えた。具足を着けた男たちが、ニヤニヤ笑いながらこちらを見ている。全部で五人いた。

木陰にいた従者が飛んで来た。奈津を守るように前に立ったが、明らかに腰が引けている。あまり頼りにならんな、と新九郎は顔を顰めた。

具足の男たちの一人が、近寄って来た。新九郎に向かって横柄《おうへい》に問いかける。

「お前、どこの家中の者だ」

「どこの家中でもない。牢人だ」

この答えを、相手は気に入らなかったようだ。

「牢人だと？　嘘をつけ」

相手の男は、せせら笑うように言った。

「西軍の落武者だろう。そういう奴は、聞かれりゃ大概、牢人だと言う。そう言えば誤魔化せるとでも思ってるのか」

まあ、主家が潰れちまってんだから今は牢人で間違いねえわな、と他の男が笑った。まずい、と新九郎は思った。こいつら、東軍のどれかの大名家の手勢の下っ端、雑兵《ぞうひょう》だ。戦場でろくに手柄にありつけなかったので、落武者らしいのを捕まえて、ちょっとでも褒美をせしめようとしているのだろう。別に本当の落武者でなくても、始末して「西軍の残党をやっつけた」と言えばいいのだ。

「しかも、女連れとはなあ」

後ろにいた男が、下卑《げび》た笑いを浮かべて前に出て来た。

「ちょっといい女みてえじゃねえか。頂戴するか」

もう一人が、袖を引いた。

「よく見ろ。だいぶとうが立ってるぜ。俺は要らねえから、身ぐるみ剝ぐだけでいいや」

これを聞いて、奈津が「無礼者」といきり立った。

「おや、元気のいい女だぜ」

男どもが、揃って笑い声を上げた。こいつら、雑兵と言うより野盗に近い連中らしい。

新九郎は奈津に目配せをした。逃げますぞ、という合図だ。奈津は読み取り、小さく頷いた。

新九郎は奈津の手を取り、さっと立った。従者も飛び上がる。新九郎は一瞬で身を翻し、街道に背を向けて奈津の手を引きながら、山の手に走り出した。従者も遅れずに続く。

「あッ、待てッ」

雑兵たちが怒りの叫びを上げ、追って来た。奈津は意外に足が速い。青野城にいた頃、鍛えたからだろうか。雑兵どもは、具足の分だけ体が重いはずだが、動きに慣れているようで間もなく追いつかれそうになった。

新九郎は奈津に言った。

「私が引きつけます。奈津様は、あちらへ逃げて下さい」

「えっ、でも、そなたは」

「大丈夫、危なくなれば二百年先に戻れる。そういう具合になっているようで」

奈津は、本当かという目で新九郎を見た。が、新九郎が大丈夫と笑みを返すと、わかったと頷いた。新九郎は奈津の手を放した。奈津が、さっと右手に飛ぶ。離れ際、新九郎に叫んだ。

「達者で！　無事に志津殿の元へ、必ず！」

はい、と叫び返すと、奈津は頷き、従者と共に駆けて行った。追っ手の雑兵たちは、それを見て二手に分かれようとした。すかさず、新九郎が怒鳴る。

「やい、女を追うしか能がねえのか、この腰抜けめ。どうせ刀もまともに使えねえ役立たずなんだろうが」

奈津を追おうとした二人が、これを聞いて「何ッ」と顔色を変えた。臆病者呼ばわりされるのが、一番頭に来るらしい。狙い通りだ。

「ぬかしたな。膾《なます》にしてくれるわ」

五人はまとまって、新九郎を追って来た。新九郎はなおも山の方へ向かう。山に入った方が、隠れやすい。そう思ったが、雑兵どもはすぐ後ろに迫っていた。

先の方に、石段が見えた。低い山の中ほどにある社《やしろ》に上がるためのものらしい。他に道らしい道もないので、新九郎はそこを駆け上がった。

その石段は、相当古かった。勢いよく上ろうとしたものの、半ば崩れかけて凸凹《でこぼこ》になっている。半ばまで上ったところで、足を取られそうになった。くそっ、とどうにか踏ん張る。そのせいで、雑兵どもにすぐ後ろまで迫られてしまった。

雑兵は刀を抜いている。

先頭の雑兵が、「えやッ」と声を上げて刀を振り下ろした。難なく避ける。幸いと言うべきか、この連中の剣の腕は、島左近などと比べたら鼠《ねずみ》の糞《ふん》みたいなものだ。それでも、五人をいっぺんに相手にしたら、どうにも分《ぶ》が悪い。

新九郎は刀で相手をするのを諦め、次の一人が振り上げた刀を逃れようと、二段ほど上に飛んだ。ところが、足をついた石段が崩れた。永年雨に打たれて、緩んでいたらしい。踏み替えようと思ったが、遅かった。新九郎の体は石段の外側に倒れ込み、そのまま転がり落ちていった。

暗かった。全てが。石段の脇を転がり落ちたところまでは覚えている。その後、どうなったのか。自分はあの雑兵に討たれたのだろうか。だからこんなに、真っ暗なのかもしれない。

奈津は無事だったろうか、と新九郎は考えた。雑兵どもが再び奈津を追いかけようとするとは、思えなかった。いや、無事のはずだ。上谷家の記録には、奈津はあれから二十三年後の元和《げんな》九年（一六二三）まで生きていた、とはっきり書かれている。何も心配することはないのだ。

志津の顔が浮かんだ。俺はこのまま、祝言を挙げられないうちに逝ってしまうのか。だとしたら、志津に済まない。父上の難儀も救えぬままに……。

「ちょっと、お武家様、大丈夫ですかい。どうしなすったんで」

体を揺さぶられ、そんな声が聞こえた。目を開けようとする。だが既に、薄目を開けていたことに気付いた。じゃあ、どうして暗いんだ。さっきは昼日中だったのに……。

急に目の前が明るくなった。提灯《ちょうちん》が近付けられたのだ。なんだ、夜になっていたのか。その時、頓狂《とんきょう》な声が上がった。

「こりゃあ、八丁堀の瀬波の旦那じゃありやせんか。こいつは、どうなってるんで」

新九郎はゆっくりと声の方に顔を向けた。誰だ、こいつは。

「石段から落ちなすったようですが、足でも滑らせたんですかい」

そこで思い出した。名前は出て来ないが、確か湯島《ゆしま》界隈の木戸番だ。夜回りをしているところだったらしい。

新九郎は体を起こし、そうっと振り返った。目の前に神田明神の石段が、提《ちょう》灯《ちん》の灯《あか》りでぼうっと浮かび上がっていた。

「江戸か……」

心の底からほっとして、つい声を出した。夜回りが聞きとがめ、変な顔をする。

「江戸に決まってまさぁ。頭でも打ちやしたかい」

それに、と夜回りは新九郎の頭を指す。

「髷《まげ》をどうしちまったんです。落っこちた拍子に、そんな風に？」

慌てて頭を探った。そうだ、関ケ原で怪しまれないようにと適当に結い直したのだっけ。

「いや、まあ、ちっとわけがあってな」

「そりゃまあ、わけぐらいはあるんでしょうがねえ」

夜回りは、今度は新九郎の足元を見ている。小汚い括り袴を着けたままなので、変に思っている様子だ。新九郎は、気を付けながら立ち上がった。どうやら骨を折ったりはしていない。多少ふらつくだけで、激しく頭を打ったわけでもないようだ。

「医者に行かねえで、大丈夫ですかい」

「ああ、心配いらねえ」

手を振ってから、はっと思い出した。そうだ、俺は誰かに突き飛ばされたんだ。

「おい、ここへ来る前、神田明神から慌てて出て来た奴に気付かなかったか」

神田明神に出入りできるのはここだけではない。南側にも門がある。夜回りは、えっと声を上げた。

「確かに。あっしは向こうの学問所の方から回ってきたんでやすが、門前の坂のところを通り過ぎた時に、後ろでひどく慌てた足音がしやして。振り返ると、神田明神から誰か走り出てきて、通りの方へ行くのがちらっと見えたんで。何だろうと思ったんですが、そのまま夜回りを続けて、そこの明神下の角を曲がったところで、旦那が倒れてるのを見つけたってわけでして」

そいつだ、と新九郎はすぐに思った。

「どんな奴だ。顔はわかるか」

いえいえ、と夜回りは手を振った。

「この暗さですぜ。顔なんか、とても。ただ、常夜灯《じょうやとう》がちょっと先にあるんで、お侍だってことだけはわかったんですがね」

侍、か。くそっ。

「わかった。明日、もう一度話を聞くかもしれねえ。よく思い出しておいてくれ」

へい、と夜回りは承知した。

「旦那、本当に医者に行かなくても構わねえんで？」

「うん、気にするな。助かったぜ」

新九郎は礼を言って、八丁堀の住まいへと向かった。道々、考える。俺を突き落としたのが侍なら、俺が調べていることが気に食わない奴に違いない。そういう心当たりは、一人だけだ。

十三

八丁堀の役宅に着いた新九郎は、忽《たちま》ち畳に倒れ込み、意識が飛んだ。江戸では時が進んでいないのだが、二百年前のたっぷり六日分の疲れが溜まっているのだ。夢さえ見ず、朝まで死んだように眠った。

翌朝、新九郎は下働きに髪結いを呼ばせた。下働きの爺さんは、いったい昨晩は何があったのかと目を白黒させていたが、余計なことは聞くなと新九郎に言われて、おとなしく黙った。括り袴も、捨てさせた。天下分け目の合戦の戦塵《せんじん》を吸い込んだ、ある意味貴重な品だが、討死した者から奪ったものだ。家に置いておくわけにもいかなかった。

身支度を整えた新九郎は、朱房《しゆぶさ》の十手を腰に差し、八丁堀を出た。やはり十手があれば、背筋が伸びる。

奉行所に出仕する前に、新九郎は湯島に行って、界隈の岡っ引き連中を番屋に呼んだ。すぐさま、七人ほどが集まってきた。新九郎は揃った連中を前に、言った。

「格好の悪い話だが、実は昨夜遅く、俺は誰かに神田明神の石段から突き落とされたんだ」

岡っ引きたちがざわめいた。

「旦那、お怪我はなかったんですかい」

「うん、幸いかすり傷だけだった。しかし、八丁堀相手にこんな狼藉をしやがった奴を、そのままにしとくわけにはいかねえ」

岡っ引き連中は、そりゃあ当然だ、と息巻いた。縄張りで八丁堀が襲われたとあっては、自分たちの顔に泥を塗られたようなもんだ、というわけだ。新九郎は夜回りの見たことを話し、界隈を虱潰《しらみつぶ》しに当たれ、と命じた。岡っ引きたちは、合点《がってん》だ、とばかりに飛び出していった。

残った新九郎は、さて、と膝を叩いた。祝言まで、あと六日だ。突き落とした奴を追うのは当面岡っ引きに任せ、自分はやらねばならないことがある。新九郎は番屋を出ると、市ヶ谷に足を向けた。

上谷畿三郎の家に着いて戸を開け、声を掛けると、すぐに志津が出迎えた。その顔が奈津と重なり、新九郎は思わず息を呑む。

「まあ新九郎様。お調べの方は、如何ですか」

志津は新九郎の胸に浮かんだことには気付かず、尋ねてきた。要らぬ心配をかけるので、もちろん神田明神の一件を言うつもりはない。

「材木問屋など、いろいろ聞き込んではみたんだが、奴が怪しいということはわかっても、証しがまだ摑めなくて」

そうですか、と落胆しそうになる志津に、新九郎は殊更《ことさら》明るい顔を作って言った。

「なので、別の方を調べよう。脇差について」

ああ、と志津は頷いて、どうぞと新九郎を奥へ通した。仕草もやはり、奈津にそっくりだな、と新九郎は改めて思い、目を細めた。

座敷で新九郎を迎えた畿三郎は、よく来てくれたと喜んだものの、無精《ぶしよう》ひげが目立ち始め、顔色はどうも冴えなかった。まあ、無理もないとは思う。

新九郎はこの数日で調べた結果を話し、証しが摑めていないことを詫びた。とんでもない、と甃三郎は恐縮する。

「我が家のことでご厄介をかけ、誠に申し訳ない、と思うておる」

「そんな他人行儀な。止《よ》して下さいよ義父上《ちちうえ》」

新九郎は笑ってかぶりを振ってから、真顔に戻って尋ねた。

「脇差のことについてもう一度お聞きしますが、甃兵衛殿から十年ほど前に譲られた折は、脇差だけだったのですか。箱などもなく」

「うむ。箱はない。絹布《けんぷ》に包んであったが、その布もだいぶ古びて、傷《いた》んでおった」

「包まれていた中に、脇差以外の書付などはなかったのですね」

「由来を記したものがなかったか、ということなら、何もない。あれば良かったのだが」

もともとなかったのか、長い間に失われたのかもわからない、という。新九郎は歯痒《はがゆ》く思った。湯上谷左馬介が、秀忠公から脇差についてのお墨付きを頂戴したことは、自分がこの目で見ているのだ。脇差と共にあって然《しか》るべきなのだが、本当に失われてしまったのだろうか。仮にも二代将軍となったお方の花押《かおう》が入ったものだ。粗略《そりゃく》に扱われるはずがないのだが。

そこで気付いた。奈津は脇差を拝領した話をした時、何と言ったか。裏切り者と誹《そし》られぬよう、あまり脇差を表に出さない方がよかろう。そんな言葉を、はっきり覚えている。まるで昨日のことのように、と思いかけたが、あれはまさしく昨日のことだった。覚えていて当然だ。

（もしかすると、畿兵衛殿のところで人知れず眠っているのかもしれない）

それしかない、と思った新九郎は、「畿兵衛殿のところに参ります」と告げると、さっと立ち上がった。あまりに唐突だったので畿三郎は驚き、ただ「ああ……そうか」としか言わなかった。

表から大急ぎで出ようとすると、「お待ち下さい」と後ろから志津に呼び止められた。

「私も参ります。伯父上のところで何か捜すなら、お手伝いを」

「ああ、それは助かる」

どれだけかかるかわからないので、手は多い方がいい。新九郎は志津と一緒に、急ぎ足で畿兵衛の家に向かった。

突然の訪問であったが、畿兵衛は驚きはしなかった。

「おお、新九郎殿に志津か。繖三郎の一件を、調べてくれておるのだな」

用向きはそれしかない、と承知しているようだ。新九郎は座敷に上がると、早速切り出した。

「御家の初代は、湯上谷……いや、上谷左馬介殿、ということになりますか」

「うん？　おお、名字を上谷としたのは左馬介殿じゃからな。一応、初代ということになる」

繖兵衛の顔に、何を聞くんだという当惑が僅かに見えた。新九郎は構わず続ける。

「御家に、初代から伝えられている品などは、ございますか」

二百年ほども前のものであっても、それなりの武家ならば、伝承される品は大事にされている。まして繖兵衛は、昔の記録を調べることを趣味としているのだ。きちんと整理してあるに違いない、と新九郎は期待していた。

「うむ、残っておる。全てではないが」

全てではない？　新九郎はぎくりとする。

「もしや、火事にでも」

「左様、明暦《めいれき》の大火の折、我が家も焼けてな」

それは百五十年ほど前の明暦三年（一六五七）に起きた大火事で、振袖《ふりそで》火事なども言われる。江戸市中の大半を焼き尽くし、御城の本丸、天守までもが焼け落ち、何万もの死者が出た。その火事に巻き込まれたなら……。

「でも、幾つかは残っているのですね？」

「ご先祖が、初代から受け継いだ中で特に大事なものは、何とか持ち出して逃げたのじゃ。あの脇差もその一つでな。手で運べるものだけだから、鎧など大きなものは失われたが」

「それは、この家にございますか」

「ああ、小さいが蔵がある。その中じゃ」

繖兵衛は座を立って、家の裏へ新九郎を案内した。猫の額ほどの庭の隅に、確かに蔵がある。蔵と言うより物置程度の大きさだが、一応は火除《ひよ》けの漆喰《しっくい》壁になっていた。

「存分に見てくれ」

繖兵衛は古い錠前を開け、戸を開いて新九郎を中へ通した。蔵の中は、人が二人も入れれば身動きに往生する狭さである。天井近くまで届く棚に、様々なものが積み上げられていた。桐箱や布袋に収められた雑多な品である。

「儂が年代に沿って片付けた。初代からのものは、右の一番奥じゃ」

幾兵衛が指して教えてくれた。新九郎はそこに顔を近付ける。薄く小さな箱が二つ三つと、巻物が二つあるだけだ。これなら調べるのに手間はかからない。

「失礼いたします」

新九郎は箱と巻物を全部持ち出した。座敷に運んで、並べてみる。いずれも古びてくすんでいるが、傷《いた》みはないようだ。

まず巻物を開いてみる。お墨付きを破れないよう厚手の紙に貼り、巻物に仕立てたことはあり得る、と思ったからだ。だが、読んでみると、ただの手紙だった。誰からのものか、と幾兵衛に聞いてみたが、一つは宇喜多家の名のある武将で、側近進物《しんもつ》か何かの礼状、もう一つは秀忠の側近からの精勤ぶりを褒める書状で、側近の直筆ではなく祐筆《ゆうひつ》の筆跡《て》らしいとのこと。いずれも、さほどの値打ち物とは言い難い。

がっかりして、箱を開けてみた。一つは酒杯《しゆはい》で、金蒔絵《きんまきえ》が入った朱塗りである。これはそこそこの値になりそうだ。幾兵衛は、由来はわからないが拝領品だろう、と言う。

もう一つは扇だった。これにも金が使われており、微禄になった左馬介には縁がなかろうから、鶴岡家の上士だった頃のものと思われた。念のため箱を調べたが、書付が隠れている様子はない。新九郎は次第に、お墨付きは大火で灰になったのでは、と心配になってきた。

後の一つには、手鏡が入っていた。漆《うるし》塗りで、やはり蓋と裏に金蒔絵が施《ほどこ》されている。女物、ということで志津が「ちょっと見せていただけますか」と手に取った。

「綺麗な鏡ですね。きっと、初代の奥方、奈津様のものでしょう」

奈津のものか、と新九郎は感慨を覚えた。ほんの昨日、会ったばかりなのに懐かしい。志津は自身の顔を鏡に映して見ている。鏡に心があるなら、旧主の奈津が再び現れて手に取ってくれたと思い、感激していることだろう。

志津は鏡を裏返し、美しい細工を眺めた。が、ふいに眉根を寄せた。どうしたのか、と聞こうとすると、志津は簪《かんざし》を抜き、裏の合わせ目の隙間に挿し込んだ。

畿兵衛も新九郎も、仰天した。

「これ志津、何をするのじゃ」

傷付けられては大変とばかりに、畿兵衛が手鏡を取ろうとする。が、その前に志津は簪を捻った。鏡の裏が、蓋《ふた》のように開いた。

「ほうら、やっぱり」

目を丸くしている畿兵衛と新九郎の前で、志津は鏡の裏を取り外した。古くなって色が茶色くなった紙片が、折り畳まれて入っていた。志津はそっとその紙を取り出し、細い指で丁寧に開いた。

「気を付けろよ」

畿兵衛が言ったが、志津も新九郎もその紙に書かれていることに目を奪われていた。

「これって……脇差のことが書いてあるような」

志津が言った。何、と畿兵衛が叫ぶ。

「では、これがあの脇差の由来を書いたものなのか」

「間違いなさそうですね」

新九郎は紙に目を釘付けにしたまま、大きく頷いた。これには見覚えがある。

新九郎の目の前で秀忠公がしたため、左馬介に渡したお墨付きに相違なかった。

さすがに秀忠公自身が討たれるところだった、とは書いていないが、左馬介の功により脇差を下賜する、という旨は明確に記されていた。

畿兵衛は、息を呑んで花押の部分を見つめている。

「これは……」

「畏れながら、台徳院《たいとくいん》様（秀忠）の花押かと」

「うむ。知り合いに目利きがおる。来てもらって、確かめよう」

　鐵兵衛はすっかり興奮していた。新九郎は志津に尋ねた。

「志津さん、どうして手鏡の裏に気付いたんだ」

「ええ、ここが外せるように見えたので、手鏡にそういう細工はちょっとおかしいなと。それで思ったんです。もし奈津様が何か大事なものを隠すなら、常に手元に置いておけるこの鏡を使ったのでは、と」

「左馬介殿ではなく、奈津殿が隠したと思ったのか」

　鐵兵衛が聞いた。はい、と志津は答える。

「左馬介様が隠したなら、忘れぬようにと簡単にし過ぎてとうに見つかっているか、絶対に見つからぬようにと考え過ぎて、どこかに忘れ去られたか、と思いました。でも、この手鏡を見て、もしかしたら隠したのは奥方の奈津様かもしれない、と考え付いたんです」

　ほう、と新九郎は率直に感心した。昨日の奈津の言葉からすれば、確かに奈津が気配りしてお墨付きを隠した、というのは頷ける。自分も気付くべきだった。

「奥向きについては、殿方よりも女子《おなご》の方が大概、気が利いておりますから」

志津はそんなことを言って笑った。いや、畏れ入りました、と新九郎は頭を掻くしかなかった。

「しかしまた、随分と工夫して隠したものだな。そこまでせねばならんものか」

脇差のことでさんざん気を揉まされた畿兵衛が、少しばかり恨めし気に言った。

それは新九郎も思わぬではなかった。謗られる心配はあったとしても、脇差と別々にしてまで、念入りに隠すほどではないような気がする。だが、あの後、奈津と左馬介が無事に家に帰ってからのことは、新九郎にもわからない。それなりの事情があったのだろう。

「さて畿兵衛殿。これが間違いなく台徳院様のお墨付きとなれば、作事《さくじ》奉行様にお見せして誤解を解くことができますな」

おお、いかにもと畿兵衛は膝を叩いた。

「さっき申した目利きの男の住まいは四谷《よつや》じゃ。すぐ呼んで来よう」

昂揚《こうよう》した様子の畿兵衛は、あたふたと出て行った。代わって、遠慮して隣の部屋にいた畿兵衛の倅の嫁が、茶を淹《い》れ直して出て来た。

「まあ本当にうちの義父上は、古い物の話になるといつもあんな調子で」

畿三郎様のことについては、誠にご心配いただきまして、と嫁は恐縮しながら新九郎に頭を下げた。いや、私にとっては畿三郎殿が義父上ですから、と新九郎は手を振る。それから改めて志津に言った。

「志津さん、お見事だった。俺よりも上手《うわて》だな」

何をまた、と志津は口に手を当てて笑った。そんな仕草も、やはり奈津に生き写しだ。もしや志津は奈津の生まれ変わりで、手鏡のことも胸の奥では承知していたのではないか、という突拍子《とっぴょうし》もない考えが浮かび、新九郎は顔が熱くなった。

「新九郎様にもお骨折りいただいて、本当にありがとうございます。これで父の謹慎も、解けるでしょう」

志津は嬉しそうに言った。だが新九郎は、顔を引き締めた。

「まだ終わっちゃいない」

えっ、と志津は顔を曇らせたが、すぐに気付いて真顔になった。

「父を陥れた者のことですね」

「そうだ。飯島達之輔《いいじまたつのすけ》って男だ。こいつに落とし前をつけさせねえとな」

志津もきりっと眉を立てた。

「何かお考えが」

「ああ。任せてくれ」

俺を殺そうとまでした奴だ。町方を舐めるとどういうことになるか、思い知らせてやる。


余程急いだらしく、畿兵衛は目利きという友人を連れて、半刻も経たないうちに戻って来た。その友人も、台徳院様のお墨付きと聞いてだいぶ興味をそそられたようだ。挨拶もそこそこにお墨付きを広げると、虫眼鏡を取り出してじっくりと調べた。そしてすぐさま満足した顔になり、本物に間違いない、と言い切った。新九郎はそれで当然だと知っているが、畿兵衛と志津と一緒に、大いに安堵して見せた。

新九郎と志津は、お墨付きの保管を畿兵衛に任せて、畿三郎の家に戻った。話を聞いた畿三郎は大きな喜びと驚きを同時に見せた。

「なんと、我が先祖は島左近と対峙《たいじ》したのか。しかも、それを台徳院様に認められ、その脇差を賜《たまわ》ったと」

我が家の初代は、大した男であったのだなあ、と畿三郎は感慨深そうに口にした。新九郎は、自分が助けたからだとも言えず、内心で苦笑した。

「ところで義父上、件《くだん》の脇差に二つの紋があることは、やはり直に見ない限りわからんと思います。先日のお話では、誰かに見せたことはないとのことでしたが」

本当にそうですか、と迫るように聞いた。幾三郎は顔に困惑の色を浮かべた。

「いや、前にも言った通り、あまり人に見せるべきものではない、と上谷家では代々、心得ておってな。どうしてかはわからなかったが、脇差を拝領した事情がそういうことならば、得心できぬでもない。今はともかく、台徳院様が公方《くぼう》様であった頃は、関ケ原と大坂の陣の記憶も生々しかったろうからな」

「しつこいようですが、こっそり見られたということもないのですね」

「ない。ずっと我が家の奥にしまい込まれていて、研ぎに出した時以外、外に出てもいない」

何だって？　新九郎の眉が、ぴくりと跳ね上がる。

「研ぎに出されたんですか。いつのことです」

「え？　うん、半年ほど前だったかな。思い立ってしばらくぶりに脇差を手入れしようとしたら、少々曇りが出ていたのでな。兄に聞いたら、二十年以上研いでいないというので、これはきちんと研いだ方がいいと思い、知っている研ぎ師に頼んだ」

「どこの研ぎ師です」

「牛込御細工町《うしごめおさいくまち》の仲谷惣十郎《なかやそうじゅうろう》という者だが」

そこでようやく畿三郎も察して、顔を強張らせた。

「惣十郎が脇差の紋のことを、飯島かその仲間に告げたというのか」

しかし、と畿三郎は首を捻る。

「昔から付き合いのある男で、悪事に手を貸すような者ではないと思うが」

「当人に悪気はなくても、ちょいと漏らしちまったのかもしれません。すぐ当たります」

新九郎は急いで立ち、そのまま牛込御細工町に向かった。

仲谷惣十郎は、総髪《そうはつ》がほとんど白くなった六十ほどの男だった。腕は太いが手先は綺麗で、繊細に見える。手の感覚が大事な職人らしいな、と新九郎は思った。

「八丁堀の御役人が、どんなご用かな」

研ぎを頼みに来たのではないと察し、惣十郎は新九郎を座敷に上げた。

「上谷畿三郎殿の脇差について、ちょいと聞きたいんですがね」

籤三郎の名を聞くと、惣十郎はすぐに、ああ、あれかと言った。しっかり覚えているようだ。

「九曜紋と三つ柏紋が入ったものだな。ああいうのはなかなか珍しい」

「その脇差のこと、誰かに話しましたか」

はてな、と惣十郎は考え込んだ。

「うん、紋の話が好きなお人がおってな。十年来の客じゃ。確かそのお人には、話した」

九曜紋と三つ柏、と言ったら、それは石田三成と島左近の取り合わせだ、と興味深そうにしていた、という。

「何というお人です」

「柳本嘉右衛門《やなぎもとかえもん》という人じゃが」

百二十石の旗本だという。飯島かと期待したが、違っていた。念のため、飯島達之輔という者に心当たりはないかと聞いたが、自分の客にはいないとのことだ。落胆したが、少なくとも惣十郎のところが脇差の話の漏れ処《どころ》であったのは、間違いなさそうだ。

新九郎はすぐに籤三郎の家に取って返した。籤三郎は、一刻足らずで再び現れた新九郎に少し驚いていた。

「研ぎ師のところに行ったのでは」

「ええ、行きました。そこでちょっとお聞きしたいんですが、柳本嘉右衛門という人に会われたことは」

思いがけない問いに、畿三郎はぽかんとした。

「いや、会ったことはない」

そうですか、と新九郎は肩を落とした。知り合いでさえないのか。だが、畿三郎は続けて言った。

「会ってはいないが、それは確か、飯島達之輔の義兄《あに》だ」

十四

次の日の昼九ツ（正午）になる頃、新九郎は湯島の番屋へ行った。戸を開けて、

「おう、揃ってるか」と呼びかける。上がり框《かまち》や長床几《ながしようぎ》に思い思いに腰を下ろしていた七人の岡っ引きが、一斉に立ち上がった。

皆の顔を見た新九郎は、おや、と思った。顔がにやついている。こういう時は、

いいネタを仕込んでいるのだ。新九郎は、上がり框にどっかと腰を下ろした。

「ようし。何がわかった」

へい、と皆を代表して進み出たのは、一番年嵩で四十五になる神田金沢町《かなざわちょう》の常次郎《つねじろう》という親分だった。

「こいつを覚えておられやすかい」

常次郎は将棋の駒のように角張った顔に、いかにも得意げな笑みを浮かべ、奥の隅っこにいた職人風の男を呼んだ。その男は、おずおずと新九郎の前に進み出た。新九郎は首を傾げた。こんな奴に覚えはねえが。

「何だい、この野郎は」

常次郎は男を前に押し出すようにして、言った。

「こいつぁ神田山本町《やまもとちょう》の左官《さかん》で、勘吉《かんきち》ってんですがね。旦那、神田明神に入る前、こいつと行き会いませんでしたかい」

「あっ、あいつか」

思い出した。新九郎とぶつかりそうになり、こっちを睨んで行った職人風の男だ。あの時はほろ酔いで気が大きくなっていたようだが、今日は威勢の影もなく、縮こまっている。

「こいつが何か、見たってのか」

その通りで、と答え、常次郎は勘吉の肩を叩いた。

「さあ、お前が見た通りのことを、旦那に申し上げてくんな」

へ、へい、と勘吉は恐れ入った様子で、新九郎とすれ違った後のことを、順を追って話し始めた。


その三日後。婚礼を明後日に控えた新九郎は、作事奉行跡部《あとべ》丹波守《たんばのかみ》の役宅に呼ばれていた。跡部と南町奉行、根岸《ねぎし》肥前守《ひぜんのかみ》との間では、既に話がついている。

新九郎は、跡部の前に畏《かしこ》まって座っていた。町奉行より格下とはいえ、要職にある大身《たいしん》旗本である。緊張せざるを得ない。今日の用向きを考えれば、尚更《なおさら》だ。

「瀬波新九郎、であったな。今日はご苦労。肥前守殿から話は聞いておる。なかなかに腕が立つらしいな」

跡部が言った。新九郎は恐縮して畳に手をつく。

「腕が立つなどと、とんでもないこと。ただ日々、微力ながら懸命に勤めおるだけにございます」

型通りの謙遜《けんそん》など無用、と跡部が笑った。思ったよりさばけた人物のようだ。

「此度のことだけでも、その方の腕のほどはようわかる」

跡部は自身の左手に座る人物を示して、言った。

「こちらは徒目付《かちめつけ》、大山兵庫《おおやまひようご》殿じゃ」

新九郎がそちらにも頭を下げると、大山は軽く目礼を返した。

「まず申しておこう。一昨日、上谷織兵衛殿が、台徳院様のお墨付きを持参いたした。儂も拝見したが、本物に紛れなしということで、得心できた。よって、脇差の一件はこれにて終いとする。本日中に沙汰を出し、脇差を返して上谷織三郎の謹慎を解く」

「誠に有難きことと存じます」

跡部は口元に笑みを浮かべた。

「これでその方も、心置きなく祝言を挙げられるのう」

「いや、これは……畏れ入りましてございます」

奉行が軽口を叩くとは思っていなかったので、新九郎はどぎまぎした。跡部はその様子に笑ってから。ぐっと顔を引き締めた。いよいよ本題だ。

「よし、飯島達之輔をこれへ」

跡部が襖《ふすま》越しに呼ばわった。はっ、と答える声の後、しばらくすると畳を踏む音がした。膝をつく気配と共に、声がかかる。

「飯島達之輔、参りました」

「入れ」

ご無礼いたします、との声に続き、襖が開いて飯島が入って来た。新九郎にとっては、初めて見る顔だ。丸顔でなで肩、一見すると全く害のない男に見える。飯島は新九郎が同席しているのを見て驚いたようだが、跡部に遠慮してか何も言わなかった。

「今日はそなたに質したいことがあってな。徒目付大山兵庫殿と、南町奉行所同心瀬波新九郎に同席して貰《もら》うておる」

奉行にこう切り出されれば大概、落ち着かなくなるだろうが、この飯島はなかなか面の皮が厚いようだ。「左様にございますか」と応じて、身じろぎもせずに座っている。

跡部は大山に頷いて見せた。大山は「はっ」と一礼し、飯島の方を向いていきなり言った。

「作事下奉行、飯島達之輔。その方、五日前の夜、それなる瀬波新九郎を神田明神石段より突き落とし、殺そうとせしこと誠に不届き。申し開きすることはあるか」

　この不意打ちに、さすがの飯島ものけ反った。飛び上がるようにして言い返す。

「なっ、何を言われます。それがしがこの同心を突き落としたと？　言いがかりも甚《はなは》だしくございます。何故それがしがそのようなことをせねばならぬと」

「探られては困ることを、勝手に探られたからではないかな」

　跡部が言った。飯島の顔が朱に染まる。

「跡部様、それがしがいったい何を探られたと？」

「上谷畿三郎から書面が出ておる。が、まあそれは後にしよう」

　跡部は新九郎に視線を送った。新九郎は一礼し、飯島を睨みつけた。

「飯島様。貴殿がそれがしを突き落としたことは、既に明白となっております。幸い大した怪我はいたしませんでしたが、打ちどころが悪ければ本当に死んでいたところです」

　関ケ原に飛ばされたおかげで助かった、などと言ったらどうなることか。

「馬鹿な！　どうしてこの儂が突き落としたなどと言えるのだ。顔を見たとでも言うのか」

「それがしは見ておりません。後ろから押されたわけですからね。ですが、見た者がいるのです」

見た者だと、と飯島が眉を吊り上げた。

「誰が何を見たと申すのだ」

「五日前の晩、貴殿はそれがしを尾けていた。隙あらば、襲おうという考えで。ところが、川に突き落とすか、人気《ひとけ》のないところで斬るか、ってぇところでしょう。ところがそれがしときたら、おあつらえ向きに神田明神に行って、石段の上に出てしまった。で、突き落とすってぇ手っ取り早いやり方に出たわけです」

飯島は苛立ち、「だから誰が見たなどと」と声を荒らげた。新九郎は気にもせず、続ける。

「神田明神の手前で、職人風の男とぶつかりかけたでしょう。その男はちょっと前、それがしにもぶつかるところだったのですがね。貴殿は、無礼者と言ってその男を突き飛ばした。男は道に転がり、貴殿はすたすたと行ってしまった。男は怒った。後を尾けて、どこのどいつか確かめてやろうと思ったのです」

飯島の顔から、血の気が引き始めた。飯島もそのことを、覚えているのだ。

「で、その職人は貴殿の後に付いて、神田明神へ入った。貴殿はそれがしを尾けているのに、自分も尾けられているとは考えもしなかったんでしょう」

飯島の肩が強張り始めた。新九郎は小気味良さを感じる。

「もうおわかりですな。その職人は神田明神の境内に入り、貴殿がそれがしを突き落とすところを、はっきり見たのです。境内には灯籠《とうろう》がありますからね。見間違いはありません。だが生憎《あいにく》、その職人は怖くなっちまった。それで番屋にも知らせず、慌てて家に帰って布団を被って寝てしまったのです。すぐに届け出てくれれば、だいぶ手間が省けたのですがね」

一昨日こっそり面通しして、確かめさせてもらいましたよ、と新九郎は薄笑いした。

「ば、馬鹿を申せ！」

飯島が耐えかねたように叫んだ。

「その町人一人が言っておるだけではないか。酒に酔った男の言い分など、まともに取り上げる値打ちが……」

「おや、その職人が酔っていたって、どうしてご存じなので」

飯島が目を見開き、固まった。だが今の失態は、取り返せない。その表情だけでも、白状したのと同じだった。

「飯島達之輔、見苦しいぞ！」

跡部が一喝《いっかつ》した。

「その方が懐を肥やしたやり方は、既に大筋で摑んでおる。この後、仔細に詮議する故、左様心得よ」

だがその前に、と跡部は大山を促した。大山が頷き、膝を進めて飯島の腕を摑んだ。

「作事下奉行飯島達之輔、役儀により召し捕る。神妙にせよ」

飯島は何か言いかけたが、言葉は出なかった。代わりに新九郎を忌々《いまいま》しそうに睨みつける。新九郎は、せせら笑いを返した。

「柳本嘉右衛門殿から脇差の話を聞いて、それを使って畿三郎殿の動きを封じようとしたのは、悪くない手だった。貴殿も、俺を襲うなんて余計なことをしなければ、もう少しうまく立ち回れたのにな」

飯島は怒りに顔を染めた。が、そのまま大山と、襖《ふすま》を開けて入って来た大山の配下に連れ出された。奴はこれでもう、お終いだ。

ふう、と跡部が息を吐いた。

「もっと大ごとになる前にこちらで始末できて、助かったわい」

その言い方からすると、飯島の不正は奉行直属の畿三郎らが見付け、きちんと糺《ただ》せたので、跡部の監督不行き届きについては、叱責《しっせき》程度で済むのだろう。

「瀬波新九郎、ご苦労であった」

跡部は新九郎にもう一度笑いかけてから、席を立った。


その日のうちに、畿三郎の謹慎は解かれた。異例なほど早い手配りだが、もともとどう処置していいかわからないので取り敢えず謹慎にしておいた、というい加減なものであったのだから、当然だ。

翌日、畿兵衛の家でささやかな祝いの席が設けられた。実家に行った畿三郎の妻と志津の弟は、帰りが間に合わず、畿三郎の家では何も用意できなかったのだ。二人は明日の祝言までには何としても戻る、と言う。

明日を控えているので、大袈裟なことは何もしなかった。少しばかりの肴で、酒を酌み交わすだけだ。畿三郎は喜色満面《きしょくまんめん》で、新九郎の盃に手ずから酒を注いだ。

「いやあ新九郎殿、本当に世話になった。誠、頼もしい婿殿じゃ」

「いやなに、相手が下手を打ってくれたおかげですよ。材木の不正については巧妙で、こっちは証しを摑み損ねましたからね」

「それは気にせんでくれ。儂らの仕事だからな」

繊三郎は自信ありげに言った。どうやら新九郎が思っていたよりも、深い所まで調べ上げていたらしい。飯島が目付に捕縛されたため、根こそぎ掘り出すことができると、気負っているようだ。

「どうですか。御役御免になる飯島の後釜《あとがま》に義父上が、などという話は」

ちょっと水を向けてみたが、繊三郎は「ないない」とぱたぱた手を振った。

「我が家の家格では、無理だ。倍ほどもご加増にならない限り、な。さすがにそれはあるまい」

否定しながらも、ほんの僅か期待しているようなものが見えて、新九郎は忍び笑いをした。

「しかし、お墨付きを見つけたのは志津のお手柄であったな」

繊兵衛が言った。志津は「そんなに持ち上げないで下さい」と赤くなった。

「あれは左馬介殿の奥方の才覚であったようだな。さすがは元城主の姫じゃ」

繊兵衛は、妙に感心している。

「それを見つけ出したということは、志津もその、ええと奈津姫であったかな。初代の奥方と何か通じるものを持っておるのやもしれんな」

「まあ、私をお姫様と同じに見ていただけますか」

志津は戯言《ざれごと》と笑っているが、新九郎は酒を噴きそうになった。志津がお墨付きを見つけた時、まさしく新九郎は、志津が奈津の生まれ変わりでは、と思いそうになったのだ。

急に新九郎の頭に、左馬介の顔が浮かんだ。左馬介は、自分が奈津を心から大事に思っているると、あろうことか秀忠公の前ではっきり口にした。奈津がそれを知ったら、真っ赤になるんじゃなかろうか。

奈津は幸せだ、と新九郎は心の底から思った。二万石の姫から随分と貧乏になってしまったが、もう太閤や関白《かんぱく》、諸大名の思惑に引き摺《ず》り回されることもない。穏やかな余生があるだけなのだ。乱世を生き抜いた奈津にとって、それはどれほど素晴らしいことか。

新九郎はちらりと志津を見た。幾兵衛の軽口に、また笑っている。俺は左馬介のように、この志津を幸せにできるだろうか。いや、しなければならない。でないと、奈津に顔向けできないな、と新九郎は思った。もしかすると、尻に敷かれちまうかな。まあそれもいいか、と新九郎は一人でニヤリとした。たぶん、左馬介も同じのはずだから。

そこでふと、弁之助のことを思い出した。別れてずいぶん経った気がするが、醒井で一緒に飲んだのは、ほんの七日前なのだ。いや、正しくは二百年ばかり前なのだが。あいつはどうして、俺たちと関わることになったのだろうか。

畿兵衛が寄って来たので、もしやと聞いてみた。

「妙なことを聞くようですが、上谷家の先祖の記録に、新免弁之助という者が出てきはしませんか。播磨の出らしいので、青野の地に湯上谷家があった頃の繫がりとか」

畿兵衛は怪訝《けげん》な顔をした。

「いや、我が家の記録では目にしたことはないが」

そこで、はっと思い出した顔になり、急に笑い出した。

「ほほう、新免弁之助のう。我が家の縁者であれば、これはまた誇らしいことじゃが」

どうも戯言と思ったようだ。はて、畿兵衛殿はあいつに心当たりがあるのか。

「おや、もしかして知らんのか」

新九郎が笑わないので、畿兵衛は変に思ったようだ。

「はあ、存じませんが」

ふうむ、と畿兵衛は嘆息し、立って新九郎を手招きした。

「書いてあるものを見せよう」

新九郎が一緒に座を立つと、志津が「伯父上、また悪い癖ですか」と言って笑った。新九郎にまた、古い記録を見せようとしていると思ったらしい。いやいや、と畿兵衛は手を振り、書物や記録が相変わらず山積みになっている隣室に入った。新九郎を待たせ、書物の山をかき分けると、二、三冊調べてからようやく一冊を開き、新九郎に手渡した。家の記録ではなく、武将列伝のような軍記物らしい。

「そこを読んでみなさい。新免弁之助のことが出ておるじゃろう」

少し悪戯《いたずら》っぽい言い方だった。何なんだ、と手に取る。書かれている字を追っていくと、確かに弁之助の名があった。へえ、と思って読み進んだ新九郎は、数行進んだところで呆然とした。

「何とまあ……」

思わず驚愕の声が漏れる。しかしこれで、いろいろなことが腑に落ちた。何故若くしてあれほどの剣の腕前だったのか、何故あのように世を見る目が確かだったのか。

新九郎は、弁之助の後の名が書かれているところに指を当てた。そしてその名を、小さく呟いてみる。

「宮本《みやもと》……武蔵《むさし》」

つい笑みがこぼれた。俺を飛ばした神様は、何とも粋《いき》なことをしてくれたもんだぜ。

# 幕　慶長五年九月二十日　大津城《おおつ》

榊原康政《さかきばらやすまさ》は、怒っていた。同時に悲しみ、焦ってもいた。

中納言秀忠《ちゅうなごんひでただ》公は、中山道を急ぎに急ぎ、ようやく草津《くさつ》に到着していた。だが、遅参《ちさん》の詫びを入れ事情を説明しようと、伺候《しこう》したい旨《むね》を願い出ても、家康《いえやす》がそれを許さないのだ。関ケ原への遅参が、余程不快なのだと思うしかない。

だが、それは厳し過ぎる、と康政は言いたかった。そもそも、関ケ原に急ぎ参ぜよとの命が家康からもたらされたのは、真田《さなだ》攻めの最中の九月七日のことだ。あまりに遅い。慌てて真田の上田《うえだ》城を力攻めに落とそうとしたが、一日二日で落ちるような城ではなかった。そこは見通しが甘かったと責められるかもしれないが、いきなり囲みを解いて走り出すわけにはいかない。逆襲への備えをして上田を出たのが十一日。それから夜を日に継いでの行軍となったが、続いた雨で街道は泥濘《ぬかるみ》と化し、膝まで泥に埋まるほどの有様。必死の思いでようやく木曾まで進んだ十七日、関ケ原の大勝を聞いたのである。

(これは、中納言様に責めを負わせるべきではない)

康政は固く誓っていた。もしこのことで家康が秀忠を手厳しく譴責《けんせき》すれば、周りの目にどう映るか。父子の確執、と捉えられれば、秀忠公の後継の芽はなくなり、徳川の天下に亀裂が走る。それがわからぬ殿ではないはずだ。

「殿、ご無礼いたしまする」

廊下に膝をついた康政は、襖の内に向かって声を掛けた。既に小姓《こしょう》から康政の来訪を告げられ、来意はわかっているはずだ。

「入れ」

家康の重々しい声が聞こえた。康政は自身で襖を開け、奥に座する家康の前に進み出た。

「殿。畏れながら、どうしても申し上げたき儀《ぎ》が」

「中納言のことか」

家康は康政をじろりと睨むようにして言った。だが、十三歳で松平元康《まつだいらもとやす》と名乗っていた頃の家康の小姓となって以来、四十年の長きにわたって傍に仕えてきた康政だ。そのくらいで怯むことはない。

「いかにも。中納言様御目通りを願っておられますに、お会いにならぬとは如何したことにございましょうか」

遅参のご不快は承知しておりまするが、と康政は、遅れた事情について滔々《とうとう》と述べ立てた。何故西へ急げとの指図が遅れたか、何故秀忠の本隊を待たずに急ぎ合戦に及んだか、と家康に不満を投げることも忘れない。幾多の危難を共に乗り越えてきた康政だからこそ、言えることであった。

家康は叱責することもなく、しばし黙って聞いていた。そして康政の言葉が切れたところで、口を開いた。

「のう、小平太《こへいた》よ」

家康は、昔ながらの呼び方で話しかけた。康政は、はっと顔を上げる。

「儂が、遅参したことのみで怒っておると思うのか」

「……違うのでございますか」

ふん、と家康は肩を揺らせた。

「中納言を待たずに戦を始めたのは、機を逸《いっ》するわけにはいかなんだからじゃ。お前なら、そのあたりの駆け引きはわかると思うが」

「それは……まあ」

「それに、遅参が全て不都合ばかりであったわけでもない。おかげで、我が譜代《ふだい》の者共《ものども》を、この戦で損じることなく済んだ」

それは康政も承知していた。徳川家の主軸をなす三河《みかわ》武士団の大半は、秀忠の本軍に配され、家康が率いた東軍は、三成に与《くみ》するのを良しとしない豊臣恩顧《とよとみおんこ》の大名が占めていたのである。関ケ原合戦は、言うなれば豊臣方の大名たちの潰し合いのようなものであった。案外、秀忠への指図が遅かったのは、家康自身がそれを狙っていたのかも、とさえ思える。いや、さすがに深読みし過ぎか。

「だが、ここまでの行軍がいかん。中納言は、急ぎ過ぎるあまり、軍勢の隊列を乱し、ばらばらに駆けさせたというではないか。しかも、自分が先に立ち、僅かの馬廻りだけを連れ、本陣を組むべき旗本衆まで置いていったと。そんな行軍の仕方があるか」

康政はぐっと言葉に詰まった。それは康政自身も危惧《きぐ》したことだ。隊列を滅茶《めちゃ》苦茶《くちゃ》にしたのは、軍監《ぐんかん》たる自分の責任でもある。しかしきちんと陣立て通りに行軍していれば、到着はさらに何日か、遅れていたはずだ。一刻も早く駆け付けねば、父に申し訳ないとの秀忠公の気持ちも、よくわかる……。

「揚句《あげく》に、美濃路で島左近《しまさこん》めに狙われ、危うく命を落とすところであった」

康政は、あっと呻《うめ》いた。あのことが、殿の耳に入っていたか。これはまずい。おそらくは、西軍の罠《わな》や諸将の逃亡に備え、乱波《らっぱ》を幾人も放っていたのだろう。その一人に、あの場を見られたのだ。

「それは、その……」

さすがに言い訳が思い付かなかった。家康が続ける。

「もし万一、あのようなところで不意を打たれ、首を取られでもしていたら、末《まつ》代《だい》までの恥。折角の大勝も、効果を大きく減じられてしまう。徳川が侮《あなど》られるようなことは、向後絶対にあってはならんのだ」

「申し訳ございませぬ」

康政は平伏するしかなかった。家康の言う通りだ。この合戦で天下はほぼ徳川のものになった、と大名たちの多くは見ているだろう。しかし、大坂には秀頼がおり、豊臣に忠誠を尽くすであろう大名は、加藤主計頭清正《かとうかずえのかみきよまさ》などまだ幾人もいる。徳川の世を盤石にするためには、これからしばらくの間、いかなる隙も見せられないのだ。

「追っ手を増やし、島左近は必ず捕らえまする」

秀忠を襲おうとした左近を捨て置いては、この先も何があるかわからない。そう考えた康政は、誓うように言った。だが思いがけず、家康はかぶりを振った。

「無用じゃ」

「は？」

康政は驚いて家康の顔を窺った。その顔は、怒っても笑ってもいない。

「左近一人では、これ以上何もできぬ。奴もそれぐらい、重々わかっておろう。捕らえて余計なことまで喋られては、藪蛇《やぶへび》というものじゃ」

「は……しかし」

「左近は関ケ原で討ち死にした。故に、中納言を襲うことなどできなんだ。そういうことじゃ」

康政は言いかけた言葉を呑んだ。家康は、秀忠襲撃などなかったことにするつもりだ。

「左近を阻んだ者がいたようじゃな」

家康が言った。問いかけではない。既に知っているのだ。

「はっ。一人はもともと宇喜多《うきた》家の者で、手柄を認め、中納言様が召し抱えました」

康政は考えた。なかったことにするなら、この者の口を封じよ、というのか。

「それで良い」

家康は頷いた。

「左近を出し抜いたほどの者なら、役に立とう。手元に置けば、余計なことはすまい。そのことについては、厳に秘し、一切口外してはならぬと固く命じておけ。下賜した脇差があるらしいが、それも人目には触れさせるな、とな」

「はっ、承知仕りました」

康政は少しほっとした。あの湯上谷左馬介《ゆがみだにさまのすけ》が秀忠公の前で話したことは、秀忠公自身から聞いていた。それは家康と共に泰平の世を目指してずっと歩み続けてきた、康政の胸にも響いた。殺したくない男、と思ったのだ。

「村の者は、いかがいたしましょう」

「捨て置け。百姓どもが何を言おうと、誰も聞かぬ。口外無用などと言えば、却って広めたくなるものじゃ」

村一同を撫で斬りにするような世でもないしな、と家康は口元で笑った。が、目は笑っていない。

「黒田《くろだ》の者もおりました。このこと、黒田甲斐守《かいのかみ》殿の耳に入っておるかと」

「長政《ながまさ》のことはいい。あ奴は、どうとでもできる」

一瞬、冷酷な笑みが浮かんだ。康政はぞくっとした。殿には、黒田長政を好きに御《ぎょ》する自信があるのだ。

「もう一人、おったそうじゃな」

家康の方から言った。はっ、と康政はすぐに応じる。

「ただの牢人者です。これこそ、放っておいてよろしいかと」

「どうかな」

家康は顎を撫でた。

「儂には、そやつこそ一番の曲者に思えるが」

「はあ?」

康政は首を傾げた。が、家康は真顔であった。

「そやつ、軍師《ぐんし》役だったのかもしれぬな。厄介な奴とも言えよう。見つけておれば、始末せねばならぬ者ではないかな」

「軍師役……にござりまするか。頭が切れる男、ということですか」

「いや、儂がそう思っただけじゃ。まあ始末しようにも、牢人一人ではどこへ行ったかすらわからぬ。人相もはっきりせぬでは、捜すこともできまい」

本当に頭が切れるなら、身を隠すのにも長《た》けていよう、と家康は言う。

「いや、始末せずとも、一千石ほどやって召し抱える、という手もあるな。湯上谷某より、もっと役に立つかもしれぬ」

　これは本気だろうか、と康政は考えた。真面目に言っているように聞こえるが、おそらく戯言《ざれごと》だろう。

「会おう」

　いきなりの言葉だったので、康政は一瞬、たじろいだ。

「御目通りなさる、と。中納言様に」

　慌てて問い直すと、家康は鷹揚《おうよう》に頷いた。

「小平太の申すこと、ようわかった。儂があまり臍《へそ》を曲げておって、要らぬ考えを持つ者が出て来てもいかぬ。今宵のうちにこちらへ参るよう、伝えよ」

「ははっ、有難きお言葉。直ちに草津へ立ち帰り、中納言様に申し上げまする」

　全身を安堵で満たし、康政は下がって廊下に出た。既に日暮れは近い。急がねば。

　本丸を出た康政は、ふっとあの牢人のことを思った。殿は軍師役と言っていたが、今思えば、本当にそうだったのかもしれない。ならばやはり、いよいよ現《うつつ》のものとなってきた泰平の世に向けて、必要な男なのであろう。一千石で、との言葉は、あながち戯言ではなかったのかも。

（我ら武辺《ぶへん》の者の時代は、もう終わるか）

それもまた良し、と康政は思いつつ、馬上の人となった。夕陽が康政の影を、街道に長く伸ばしていた。

# 解説

理流《りりゅう》
（「時代小説SHOW」管理人）

著者は、二〇一四年、「八丁堀ミストレス」で第十三回『このミステリーがすごい！』大賞の最終選考で受賞を逃したものの、シリーズ化を前提に選ばれる「隠し玉」となり、翌年『大江戸科学捜査　八丁堀のおゆう』に改題してデビューした。この作品は、ミステリー好きの元ＯＬの関口優佳《せきぐちゆうか》が、亡くなった祖母が残した両国橋《りょうごくばし》近くの古い家から文政《ぶんせい》年間の江戸にタイムスリップして「おゆう」として二重生活を送るというユニークな発想の時代ミステリーだ。

「八丁堀のおゆう」シリーズでは、タイムトラベラーのおゆう（優佳）が、南町奉行所の同心である鵜飼伝三郎《うかいでんざぶろう》や友人の科学分析ラボの宇田川聡史《うだがわさとし》の協力を得て、現代の科学捜査技術を駆使して、江戸の難事件を調査・解決していく。謎解きだけでなく、江戸と東京の生活のギャップにも触れられており、興趣が尽きない。

二〇二四年七月時点までに十巻が刊行されていて、多くのファンを持つ著者の代表シリーズとなっている。

二〇一八年、第六回大阪ほんま本大賞を受賞した『阪堺《はんかい》電車177号の追憶』をはじめ、『開化鉄道探偵』や『満鉄探偵　欧亜急行の殺人』など、鉄道をテーマにした作品を多数発表し、「鉄道ミステリーの新たなる旗手」とも呼ばれている。鉄道好きで長年関西の鉄道会社に勤務していた知識と経験を生かしている。

著者の三つめの柱が、江戸を舞台にした文庫書き下ろしの時代ミステリーの作品群だ。「江戸美人捕物帳　入舟長屋のおみわ」全七巻は、北森下町《きたもりしたちょう》にある長屋の大家の娘・お美羽《みわ》がヒロイン。容姿端麗でしっかり者だが、勝ち気すぎる性格もあって二十一歳で独り身。父親に代わり、店賃《たなちん》を取り立てて、住人の世話を焼いている。近刊では「まやかしうらない処」シリーズや『奥様姫様捕物綴り一甘いものには棘《とげ》がある』もある。ベテラン作家が席巻する文庫書き下ろし時代小説のジャンルにあって、次世代の書き手として注目を集める作家の一人だ。

本書は、「定廻り同心　新九郎、時を超える」シリーズの第三巻。著者がデビュー以来得意としてきたタイムスリップものだ。第一巻は単行本『鷹の城』として二〇二一年に刊行され、二〇二三年に文庫化に際して『鷹の城　定廻り同心　新九郎、時を超える』と改題し、第二巻の『岩鼠の城』からは文庫書き下ろしで出版されている。独創的なのは、江戸の町奉行所同心が戦国時代に時を超えて移動して活躍するという設定にある。現代人にとっては、江戸と戦国はどちらも「刀と丁髷《ちょんまげ》の昔」として同じような時代に思われがちだが、実際には服装や髪型が異なり、江戸時代のお金も戦国時代では使えない。二百年の時代差は大きく、このシリーズを味わう上での重要なポイントになっている。

簡単に前二作を振り返ってみよう。

**『鷹の城　定廻り同心 新九郎、時を超える』**

南町奉行所定廻り同心、瀬波新九郎《せなみしんくろう》は、逃げる下手人を追いかけている途中で寛永寺《かんえいじ》の裏手の崖から落ち、タイムスリップしてしまう。新九郎が時を超えた先は、江戸・上野ではなく、天正《てんしょう》六年（一五七八）二月の東播磨《ひがしはりま》だった。織田信長《おだのぶなが》配下の武将・羽柴秀吉《はしばひでよし》が、鶴岡式部《つるおかしきぶ》の領する青野城《あおのじょう》を大軍で包囲しており、近くの三木《みき》城では城主・別所長治《べっしょながはる》が信長に離反するという噂が流れていた頃である。

新九郎は、瀕死の毛利方《もうりがた》の使者から密書を青野城に届けるように依頼され、無事に青野城に入って書状を渡すことができたが、行く先もないためそのまま城に留まることになった。ところが、城内で殺人が起こり、アリバイがあるため、事件の探索に慣れている新九郎が謎解きをする羽目になる。

江戸から戦国にタイムスリップしたばかりの新九郎が遭遇するさまざまな異文化体験が面白く、未来から来た人間であることが露見しないかというサスペンスの要素もある。新九郎と領主の娘・奈津《なつ》姫の恋の行方にも注目だ。新九郎の時空移動は生命の危機に瀕すると可能になるようだが、確かな発生のメカニズムはわからないため、本人の意思で自在にできないのが難点だ。戦国時代は人が死ぬのが当たり前で、戦《いくさ》に関連しない殺人についての探索はおざなりで、捜査術も未成熟だったと推察される。そんな時代に新九郎が果たした役割とは？

本書の登場人物たちが、城主の鶴岡をはじめ、香川《かがわ》、杉浦《すぎうら》、山内《やまうち》、畠山《はたけやま》、湯上谷《ゆがみだに》、そして門田《かどた》など、昔のプロ野球チーム「南海ホークス」の有名選手の名前から付けられており、オールドファンの郷愁を誘う。

『岩鼠の城　定廻り同心　新九郎、時を超える』

定廻り同心の瀬波新九郎は、根津宮永町《ねづみやながちょう》に住む常磐津《ときわず》の師匠が自宅で首を絞められて殺された事件を調べていた。現場から奉行所へ戻る途中、不忍池《しのばずのいけ》の土手で遊んでいた子どもの一人が池に落ち、助けようと身を乗り出した新九郎の足元が突然崩れ、頭から池に落ちてしまう。

不忍池に落ちたはずの新九郎は、文禄《ぶんろく》四年（一五九五）八月の京都・伏見《ふしみ》の光《こう》運寺《うんじ》で目覚めた。時空移動先の状況がわからない新九郎は、まずは記憶をなくしたふりをして寺で厄介になることにした。寺の住職の知り合いの伝手《つて》で、新九郎は旧知の奈津姫と再会することができた。新九郎が江戸に帰った後、豊臣秀吉の命で豊臣家の遠縁の男に嫁いでいた奈津だが、父・鶴岡式部に前関白《さきのかんぱく》豊臣秀次《ひでつぐ》の謀反《むほん》に関わった疑いがかけられ、嫁ぎ先から離縁されていた。尼寺に滞在していた奈津は、そのときある問題を抱えていた。太閤《たいこう》殿下の御側衆《おそばしゅう》・田渕道謙《たぶちどうけん》が殺され、式部の家臣・湯上谷左馬介《さまのすけ》に嫌疑がかけられて牢獄に捕らえられているという。道謙は、式部が関白の謀反に関わっていると奉行・石田治部少輔《いしだじぶのしょうゆう》三成《みつなり》らに告げた者の一人だった。

新九郎は、鶴岡式部の詮議の一環として奈津のもとにやってきた三成らと面談することになった。そこで、左馬介を釈放するために、三成から探索のお墨付きと十五日間の猶予をもらい、真の下手人を見つけ出すことになる……。

新九郎は、いかなる探索方法と推理で事件の真相に迫り、真犯人を見つけ出すのか? 下手人の吟味が未成熟な戦国時代に、捕物のプロの新九郎の聞き込みと下手人の取り調べ、推理が冴える。戦国を代表する論理的な思考の持ち主である三成と新九郎が殺人事件をめぐって意見を戦わせるところも見どころだ。

そして、本書『蟷螂の城　定廻り同心 新九郎、時を超える』では、読者は冒頭で奈津が旧家臣の湯上谷左馬介の妻となっていることを知る。さらに、二人の後裔《こうえい》である御家人《ごけにん》・上谷織三郎《かみやきさぶろう》の娘・志津《しづ》と、新九郎が半月後に祝言を挙げる予定があるが、花嫁の父・織三郎に厄介事が起こっていた。

関ケ原《せきがはら》の戦いで宇喜多《うきた》家の家臣として西軍に属し、戦後、徳川《とくがわ》の家臣となった上谷家が、西軍の大将から拝領した脇差《わきざし》を未《いま》だに家宝として大事にしていることが将軍家に対して不敬と讒言《ざんげん》され、謹慎処分を受けたのだ。しかし、脇差が誰から拝領したものなのかわからず、どういう事情で上谷家にあるのか誰も知らず、記録にも残っていない。脇差に石田三成と重臣島左近《しまさこん》の家紋が刻まれているのはなぜか？　真相を求めて、新九郎は関ケ原の戦い直後の美濃《みの》にタイムスリップする。

そこで、新九郎は関ケ原近くの村の落武者狩りに捕まった湯上谷左馬介と、西軍の将・宇喜多秀家《ひでいえ》の行方を追う若い男・弁之助《べんのすけ》と出会う。新九郎はここでも殺人事件に遭遇し、得意の下手人探索を請け負うことになる……。

今回は八丁堀流の捜査に加えて、弁之助と左馬介を助手にすることで、より広範で精緻な探索を行い、鮮やかな手腕を見せるところもポイントの一つだ。読者が何よりも気になるのが、いかにして西軍の将から脇差を拝領したのかという点で、その謎を解き明かす過程にハラハラドキドキさせられる。上谷家の祖先である左馬介が新九郎のおかげで、予想もしなかった手柄を挙げる設定も秀逸《しゅういつ》だ。

本シリーズが爽やかな魅力を放つのは、新九郎と奈津の二人の関係にある。お互いに相手を大切に思いながらも、決して結ばれないという究極の愛の形と言えるだろう。タイムスリップもののルールとして、歴史を変えることはできないが、主人公が記録に残らない形で何らかの働きをして、わたしたちの知っている「歴史」に戻すことがある。本書でも、新九郎に時を遡《さかのぼ》らせたのは、歴史が書き換えられる「危機」を救えということなのかもしれない。その危機に何らかの対応ができない限り、新九郎も元の時代（江戸）へ戻れない。逆に言えば、事件を解決できれば江戸に戻ることができるというタイムスリップものの真理には「なるほど」と膝を打った。

本書で『鷹の城』から始まった戦国編三部作は、大団円を迎えたように見える。しかし、紫式部《むらさきしきぶ》や藤原道長《ふじわらのみちなが》の平安時代や、勤皇志士《きんのうしし》と新選組《しんせんぐみ》が血で血を洗う抗争を繰り広げる幕末維新など、別の時代にタイムスリップした新九郎の物語も読んでみたい。歴史上の人物たちとどのように関わり、後世に伝えられる歴史となったのかを妄想《もうそう》するだけで、ワクワクしてくる。

戦国時代での活躍が際立つ新九郎だが、江戸時代での捕物上手な同心としての姿も見逃せない。また、奈津の分身のような志津とのその後も気になる。江戸の捕物小説も楽しみたいし、知られざる歴史や不可解な事件、鮮やかな謎解きが詰まった上質な歴史ミステリーを味わいたい。著者への期待は高まるばかりだ。

光文社文庫

文庫書下ろし／長編歴史時代小説

蟷《とう》螂《ろう》の城《しろ》　定廻《じょうまわ》り同心《どうしん》新九郎《しんくろう》、時《とき》を超《こ》える

著者　山《やま》本《もと》巧《こう》次《じ》

2024年9月20日　初版1刷発行

発行者　三宅貴久
印刷　萩原印刷
製本　フォーネット社

発行所　株式会社 光文社
〒112-8011　東京都文京区音羽1-16-6
電話　(03)5395-8147　編集部
8116　書籍販売部
8125　制作部



ISBN978-4-334-10419-1　Printed in Japan



組版　萩原印刷

# 上田秀人

## 「水城聡四郎」シリーズ

**好評発売中★全作品文庫書下ろし!**

### 惣目付臨検仕《つかまつ》る

(一)抵抗 (二)術策 (三)開戦 (四)内憂 (五)意趣

### 聡四郎巡検譚

(一)旅発《たびだち》 (二)検断 (三)動揺 (四)抗争 (五)急報 (六)総力

### 御広敷用人 大奥記録

(一)女の陥穽《かんせい》 (四)鏡の欠片《かけら》 (七)操《みさお》の護《まも》り (十)情愛の奸《かん》
(二)化粧の裏 (五)血の扇 (八)柳眉《りゅうび》の角《つの》 (十一)呪詛《じゅそ》の文《ふみ》
(三)小袖の陰 (六)茶会の乱 (九)典雅の闇 (十二)覚悟の紅《べに》

### 勘定吟味役異聞 決定版

(一)破斬《はざん》 (四)相剋《そうこく》の渦《うず》 (七)遺恨《いこん》の譜《ふ》
(二)熾火《おきび》 (五)地の業火《ごうか》 (八)流転の果て
(三)秋霜《しゅうそう》の撃《げき》 (六)暁光《ぎょうこう》の断

光文社文庫